半边烟火

程庆莲 著

天津出版传媒集团
百花文艺出版社

图书在版编目（CIP）数据

半边烟火 / 程庆莲著. -- 天津：百花文艺出版社，2023.5
ISBN 978-7-5306-8398-9

Ⅰ. ①半… Ⅱ. ①程… Ⅲ. ①散文集-中国-当代 Ⅳ. ①I267

中国版本图书馆 CIP 数据核字（2022）第 198168 号

半边烟火
BAN BIAN YANHUO
程庆莲　著

出 版 人： 薛印胜
选题策划： 胡晓童　**责任编辑：** 胡晓童
装帧设计： 肖景然
出版发行： 百花文艺出版社
地址： 天津市和平区西康路 35 号　**邮编：** 300051
电话传真： +86-22-23332651（发行部）
+86-22-23332656（总编室）
+86-22-23332478（邮购部）
网址： http://www.baihuawenyi.com
印刷： 成都兴怡包装装潢有限公司
开本： 145 毫米×210 毫米　1/32
字数： 237 千字
印张： 9.5
版次： 2023 年 5 月第 1 版
印次： 2023 年 5 月第 1 次印刷
定价： 55.00 元

如有印装质量问题，请与成都兴怡包装装潢有限公司联系调换
地址：成都市金牛区西华街道付家碾村 6 组 152 号
电话：（028）86965207　邮编：610037

父亲放心，山水便安宁

蒋　殊

父亲走后，一直想给他写一封长信，说说家人，说说家乡，说说我对他的爱与牵挂。可是，写了一半就搁下了，就像当初写母亲，总是无法下笔，觉得什么样的词汇都无法匹配她高洁的品格。而今触碰远去的父亲，也是万般小心，无法选择一条适合的路径走进。

看到程庆莲的《半边烟火》，有些温暖，有些感动。她用十封《写给父亲的信》，开启了一本书的旅程。她的父亲与我的父亲一样，都是生活在另一个世界的人。

我们都是俗人，无法得知另一个世界是什么样子。但知道，他们同样得不到我们这个世界的音讯，他们一定牵挂着曾经生活的这个世界，人，物，山，水，以及土地。那么，告诉他们这个世界的消息，告诉他们曾经山水的变化与发展，告诉他们亲朋的平安与健康，是不是就是做儿女的在他们离开后能尽的孝心呢？

程庆莲做到了。她“为自己生活在农村而庆幸，因为自由，因为空气的透明，因为人们的憨厚，还因为不受任何障碍物阻挡的风”，但她完全可以单纯地写山，写水，写土地，写乡村，写种种自由与风，然而她却采用了这样一种方式，将这些融于给父亲的信中。其实不必她说，读者也都看得出，这是她这本书最动情的部分。父亲生前，在她眼里是一座山；父亲走后，她心中的山依然是父亲。山不倒，精神就屹立。因此，她要想方设法维护这座山的巍峨。唯一的办法，就是让这座山永远保持活力，充满生机。

山上的树，山中的草，山里的人，山野的风，她一株一株，一片一片，一寸一寸，掘开来，翻出来，捧给父亲。

因为思念，她感慨：“莫名沉迷于看一些荒诞的电影，甚至想倘若这荒诞真的存在……”“要是您能够在我们身边，看着我们生活，了解我们的状态，那该是多么美好。尤其是在窗外雪花飘飞的时候，想想荒野该是多么寒冷……”这样的梦境，玄幻，却真实，让人心酸，也心痛。

思念的最好方式，当然是倾诉。于写作的人而言，文字是最好的出口。

在远去的父亲面前，程庆莲如农妇般琐琐碎碎讲述，只为让父亲“活着”，让一座山不倒。一个人，不管活到什么年龄，在父母面前都是天真的。一个人，为了亲情，宁愿天真到老。程庆莲便是这样的人，她天真地以为，父亲知道这些事，就不会间断对活着的记忆。

当然，这份天真不单单为程庆莲独有，是每一个失去父母的儿女共有的属性。

记忆在，生命就在。因此她执着地给父亲写信，给父亲讲述昨天与今天，希望父亲不与这个世界脱节，为了父亲能“活着”。

“活着”，或许就可能回来。

程庆莲曾经生活的乡村，与我的村庄一样，是生动的，是鸡飞狗跳的，是闲言碎语的，她便也和乡村的每一个孩子一样，东家进，西家出。不一样的是，她将一些闲话当作珍珠，在多年以后串成漂亮的珠链，如：“评论的事就留给听到消息的女人们，她们七嘴八舌，添油加醋地传话，有时候还不到中午吃饭，事情就演变到了一个极端糟糕的地步，比如谁家两口子吵架了——还动手打了——老婆的眼哭肿了——老婆的背上被捶了两拳——男人的脸上被挖了好几道血痕——老婆要上吊——男人要跳楼。谁家的牛不吃草了——牛病得不轻都不吃草了——吞咽不下去了——眼看就快死了！”

曾经的记忆，活生生的。她的父亲若有知，一定会笑出声来。

不足之处，是信的内容大多停留在回忆从前阶段，十封信中只有两封是讲述父亲死后发生的事，相信这些是父亲最想知道的，也正如程庆莲最初想的：“我要把当今当代的所有事都讲给您，使您不至于和这个时代隔得太久太远……”然而或许是她太留恋与父亲在一起的时光了，提笔便不由要与父亲一道回忆过去。

相信，她给父亲的信还没有完，父亲想知道的事，她想说的话，会在以后的信中慢慢呈现，也一定要继续呈现下去。

给父亲写信，也是给家乡写信，给生她养她的那片土地写信。程庆莲爱父亲，爱家人，也爱脚下的土地。本书第二篇章，书写的大多便是家乡的山水。

我知道，她深爱她的家乡。2019年到2021年，我因创作《沁源1942》而无数次深入沁源的山山岭岭、沟沟坎坎，每一次，都是程庆莲相陪。因为工作关系，其中有许多次是周六日。每向她表达歉意时，她总是一笑：“你不来，我也要下乡的。”心下释然，便不再向她致谢。寻访当年沁源围困战的足迹，可谓艰难，谈得上披荆斩棘。许多旧址早已被淹没在荒芜中。大多数行走，都没有路，只有齐腰高的杂草，高过人的庄稼，悬崖边的小径，野兽出没的丛林。太阳晒，冷风吹；遭遇蛇，暴雨淋。两年多时间，她带领她的团队，陪我行走完所有的路，访毕所有的人。用她的话说，是“我也想了解这些”。她在陪我，也是在完成她自己的挖掘与寻访，那是她对历史的敬畏，对英雄的敬仰，对土地的敬重。

她用自己的方式，对沁源的山与沁河的水，一一做了表述。那山水对她而言，已不仅仅是山水，以至于当她“沿沁河一路向南走访，当到达出沁源后的第一站安泽时，就看到沁河被引向临汾的水利工程。心中有喜有忧，喜的是沁河水不仅润泽流经区域的子民，还被引进到更需要的地方发挥作用；忧的是原本一股清流却生生被分开，有离别幽怨的情愫在里边”。彼时，沁河水不是一池水，倒像她朝夕相处的好闺蜜突然间远嫁他乡。

山不是坚硬的山，水也不是冰冷的水，土地更不是没有生命的土地，在她眼里，这些都与人一样，是有温度的，她也努力用自己的方式，赋予它们深深的情感。

当然，本书中，程庆莲还写了别的，她读别人，别人读她。这些看似与前面的信无关，然而我更愿意把它们看成是献给父亲的成绩单。今天的程庆莲，远不是当初父亲离开时的样子，她在同一年先后成为中国摄影家协会会员、中国作家协会会员，她成长为父亲骄傲的样子。

曾经无数个夜里，她坐在灯下，一字一句，将心中的思念和盘托给父亲时，脸上一定挂着泪，内心一定翻着海。

她一定有许多次写不下去，可她还是凭着对父亲的爱，坚持下来。

她知道，父亲放心，土地便安宁。

2021年10月20日

作者简介：蒋殊，中国作家协会会员，中国冶金作协副主席，太原市作家协会副主席。现为《映像》杂志执行主编。著有散文集《阳光下的蜀葵》《神灵的聚会》《百年长川》《重回1937》《再回1949》《沁源1942》等。

目录

CONTENTS

第二辑　问山·问水

第三辑　我写·写我

第一辑

乡烟·乡愁

黄土不是土，是玩伴；
炊烟不是烟，是饭香；白云
不是云，是远方。

写给父亲的十封信

您是我心目中最崇拜敬重的男人，一直没有改变。

您拥有挺拔的身材、磁性的声音、深邃的眼神，一言一行都充满爱意，虽文化不高，但精明厚道，睿智善良，威严有度，不仅在本村有极高的威信，在附近十里八乡都是公认的有威望的人。您对妻子对孩子深情无私地去爱，对邻里对同事掏心掏肺地坦诚相待，是一个浑身散发着善良纯朴真实的人。只可惜您过早地离开了我，离开了这个世界，我曾经十分恐惧，担忧您在那个黑暗寒冷的世界如何承受。

最近我莫名沉迷于看一些荒诞的电影，甚至想倘若这荒诞真的存在……要是您能够在我们身边，看着我们生活，了解我们的状态，那该是多么美好。尤其是在窗外雪花飘飞的时候，想想荒野该是多么寒冷，请您一定来到我的身边，这里有亲人的温暖，有孩子们的笑声，可您几乎很少进入我的梦境，自从您走后，关于您的一切都沉默消亡了。为此，我恨自己，有时还心虚，我最挚爱的人，怎么能躲着我呢？今天是清明节，回老家给您上坟添土后，我突然觉得心里堵得慌，我在您坟后的山坡上坐了很久，还找到了一朵最早报春开放的兔兔花。花儿给了我一丝温暖，使我不忍心回头看您，看那堆沉默的土，那几棵无语的树，我必须逃，逃离。

回家的路上，我做出一个决定，给您写信，我要把当今当代的所有事都讲给您，使您不至于和这个时代隔得太久太远，我要您活着——

第一封信

后　山

父亲：今天天气真好，愿您一切安好！虽然我不知道您距离我到底有多远，但就当您在身边吧，这样才能和我一样感受到温暖。

轻轻掠过的风儿仍然带着凉意，但已不刺骨，空气中有了温润和青涩的气息。春天来了，这是我期盼已久的，我不想您在野外承受那无边的寒冷，还好，春天终于来了。

父亲，今天就从您熟悉的家乡说起吧，我们一起走走，一起回家看看！

家乡，是所有人永恒的温暖记忆。无论走多远，也无论离开多久，想起家乡，都是满满的温馨和快乐，即便儿时的生活很贫困单调，但留在记忆里的永远是五彩斑斓的图画。

我们村坐北向南，依山傍水，风景清新秀丽。

先说说村庄背靠的那座山吧。

背靠的那座山，村里人习惯称之为“后山”。这后山虽不挺拔奇绝，没有茂密的树木，但它是村庄的脊梁，靠在它的臂弯里，是那么踏实，那么安宁。

儿时后山很高大，每爬一次山顶，在气喘吁吁之后会充满胜利者的豪迈。但现在看来，那山却低矮匍匐，仅仅可作为村的靠枕，相比走过的泰山、华山，它就是平地冒出的一个小山疙瘩。山体是典型的红砂石，琐碎零散，想找一块屁股大的整块石头都很不易。那山石就像掉落在地上的面包屑，稀稀拉拉散乱杂陈。

但正是这样的山，给小时候的我们提供了无穷无尽的乐趣。

小时候，物资匮乏，我们上学写字用的石板、石笔都来自这座山。山上有取之不尽的石头，就有我们用之不竭的学习工具。星期天或放学后，一溜小跑，几分钟就上到半山腰取回一堆灰白的石头，有些许硬度的砂石，用刀斧切割打磨成条，就成了一支支石笔。或者直接寻找单薄长条自然形状的小石块，就可以写出拼音字母、数字、汉字。

在我的记忆里，小学一年级都是用石笔写字，袖子就是擦子，因此最早破烂的就是袖子。直到二三年级才开始在纸本上写作业，才开始用铅笔，然后逐渐过渡到钢笔。用石笔就要用石板。同样到后山一次次地踅摸，找到一块可用之材，拿回家，等大人们闲暇时给制成方方正正的石板，大小如现在十六开或三十二开的书样大小。每次制作石板，大人们都很用心，先用尺子量好，用石笔做上记号，用斧子或刀小心切割，然后蘸水在鸡窝的石头上反复打磨，直到正反两面都光滑平整才满意。制作好后，顺手递给一直在旁边等待的孩子。孩子们如获至宝，兴高采烈备加珍惜地拿到学校使用。对于付出了劳动和辛苦的石板，孩子们是格外小心的，轻拿轻放绝不敢含糊，稍有不慎掉在地上打碎，一则会招来大人的训斥，最糟糕的是不能写字，不能写作业了，老师的脸色更吓人。

后山是简陋的。红色的碎砂石，夹杂一些土块，整个阳坡没有一棵大树，只有稀稀拉拉的杂草和趴在地上永远长不大的灌木圪针。唯有到了山顶才有一棵油松，从这棵油松往背阴处走，树木逐渐多了起来，依然稀稀拉拉，不成片不成林。

山顶那棵歪脖子树，对咱们村所有人都意义非凡。

它是在山底唯一能看到的最高的树，走到它的下面，就意味着登上了山顶。我和我的小伙伴们不知有多少次在这棵树下，躺在草丛里，从松针的缝隙里看太阳，那火辣辣的太阳变成一个个光斑。小时候整整一个假期我们都是在山上度过，有时是玩耍，大多时候是挖药材。仅有的几种药材比如柴胡、黄芩、知母等，跟着大人挖几回就会辨认，我们不愿意受大人的约束和管教，只喜欢和小伙伴们一起，好在大人们对我们的要求不高，他们不会过多关注我们能挖回多少药材，只要平平安安回来就好。药材虽然挖不了多少，但篮子里母亲精心准备的干粮却很有诱惑力，有时是玉米面煎饼，有时是白面烙饼，还有黄瓜西红柿。只要我们上山劳动谁家的母亲也不吝啬，要知道那时烙饼的白面是何等的金贵。这些干粮大多是在那棵歪脖子树下吃的，那时年龄小不敢离家太远，就在后山顶上，眼下就是村庄，能看到绿树掩映下自家的蓝瓦房顶，甚至能想象到自己的母亲或许正在院子里干着什么，心里就踏实了。那时我也就八九岁的样子。

歪脖子树是后山的最高点，在这里无论上山还是下山，人们总要在这里坐一会儿，是一个中转站，上山时意味着上来了，下山时意味着就要到家了。山顶总会有影影绰绰的人坐着，那时唯一补贴家用的办法就是上山采山货，村里人早出晚归，走很长很远的路，走到山顶确认离家不远了，都要在那里休息一下。男人们会啪嗒啪嗒地抽会儿烟，女人们会放下压弯了腰的布袋稍做休整，只有回家心切的孩子们会飞奔下山。大人们是为了生活，总是忙活到日落西山才往回赶，孩子们无忧，大多时候是坐在树下等日落，看到炊烟袅袅，柴草的烟味和饭香飘上来，然后三步两步就跑下山了。

现在上山的人很少了，山路荒草杂生，甚至很难辨认了。

父亲，后山上留下了您数不清的足迹，现在您就睡在它的脚下，再不用气喘吁吁了。您有哮喘病，粗重的喘息声在上山时就像拉风箱，听着让人心疼。您是否还记得有一年冬天，一场小雪过后，太阳出来了，大地白茫茫一片。我趴在热炕头上写作业，母亲在一旁纳鞋底，您拿出打猎的土枪说：我出去转转！父亲当过兵会打枪，村里大多数男人都会打猎，冬季雪后是打猎的最好时机。当时我们只是认为您也就是出去转转，不会有收获的，可不大一会儿就听到很响亮的一声枪响，仿佛就在咱们家屋后。母亲自言自语地说：哎呀！打中了？我像弹簧一样一跃而起，从炕上跳到地上鞋也顾不上提起就往后山奔去。半山腰，您好像知道我要来一般，就像战场上打了胜仗的英雄一样，枪扛在右肩，左手提着一只还滴着鲜血的野兔。我兴奋地顾不上和您说话，一把抢过野兔向山下跑去，急着要回去给母亲报喜，身后传来：小心摔倒！

神奇的是就在我还没有跑回家，刚刚到了家东面的坡上，又一声枪响，我支棱起耳朵愣了一下，然后像突然明白了什么似的，把那只野兔隔着院墙使劲扔进院子，返身拔腿又一次往山上奔去。这次是一只长着长长的彩色尾巴的野鸡，那野鸡的羽毛光滑漂亮，色彩艳丽，我知道这是一只公鸡，这个常识您早就给我讲过。我接过还有温度的野鸡，问：还打吗？您笑着说：人不能太贪心，走，回家！

“人不能太贪心”这句话，我一直记着。我经常回忆那个场景，您是我心目中的英雄，小时候是，长大了依然是。

今天就说到这里吧！不知道在我的引导下，您是否看到了那座山，想起了那些事，那些我永远不能忘记的事。

父亲，晚安。

2016 年 4 月 5 日

第二封信

村前那条青龙河

父亲：今天风大且冷，就躲在避风港里不要出来了。

我不喜欢这样的天气，知道您更不喜欢，怕您喘不动气，您的哮喘病从年轻时就埋下了病根。

您是最受不了冷的，因为哮喘折磨了您半辈子。

今天咱们说说村前的那条青龙河。

青龙河，有时大有时小，在我的记忆里从没有断流过，水量虽然不大，但常年奔流不息。村庄距离河边不足100米，小时候对这条小河格外亲近和喜欢，几乎每天都要到河边玩耍，谁家孩子不在村里一准是去河边了。上后山是带着任务，到河边就是纯粹的玩耍了，河水不大，大一些的石头直接裸露在外，我们踩着这些裸露的石头三跳两蹦就到了对岸，河流舒缓使我们在这里玩得舒心安全，河边几乎是我们春夏秋冬不分季节的乐园。

春天，河面的冰块渐渐融化，河里就会有绿油油的水草出现，这是经过一冬的干枯后能见到的第一缕娇嫩。水草下边小鱼小虾在河水渐暖后焕发出活力，舒展着筋骨游来游去。小鱼要比小虾警觉机灵，只要有动静就摇着尾巴迅速撤离，而且还会制造“烟雾”进行隐蔽，它们摇头摆尾地搅动了泥沙，清澈的河水顷刻混浊，等水变清时早没了踪影。而小虾就大意多了，好像天生不怕外来侵扰一般，它们躲藏的唯一手段就是不敢离开水草，不敢尝试到水流湍急处，只在盘根错节的水草缝隙里划动。我们就靠两只小手捉鱼，见小鱼钻进石头下，两三个人包围起来，用泥巴制造一个圆形的围墙工事，以防小鱼从不易察觉的地方溜走。逮虾就需要用工具了，大人们为了哄孩子用旧窗纱制作成简易的小网子，那时家家都有这样的虾网，我们挥动着虾网流连在河边。小河的吸引力真是无穷，因为它的变化和富饶，小动物也是不断变化着吸引我们。小鱼小虾还没有玩够，黑黝黝的小蝌蚪像黑豆一样洒满河边。胖乎乎的小蝌蚪，样子憨厚、机灵可爱，加上刚刚读完语文书上的《小蝌蚪找妈妈》，对蝌蚪有着特殊的感情。我喜爱虎头虎脑的蝌蚪，但不喜欢长出四条腿后的蛤蟆。小蝌蚪的成长真是一种妖魔化的进化，从颜色到模样完全蜕变，变得面目全非，变得狰狞可怕。我们会把捉到的小鱼小虾小蝌蚪放进大人们喝酒后的空玻璃瓶里，装满水放几只带回家观赏喂养，蝌蚪的生命力远不如小鱼小虾，一两天就死了，不知是水里的氧气不足还是饿死的。

到了夏季，大人千叮咛万嘱咐，不让到河边玩，因为到了汛期，滚滚洪水不知什么时候就会像猛兽一样奔袭而来。但好奇心能战胜一切，还有就是逆反心理，觉得大人们越是不让做的事就越要去尝试，哪怕冒着被打的危险，也会和大人们捉迷藏，躲躲闪闪七绕八绕最后还是不由自主地汇聚到河边。夏季的天就像娃娃的脸说变就变喜怒无常，因此夏天的河也变得诡异危险。不知道那片云会把雨下到哪里。也许我们这里的太阳还火辣辣地挂在天上，但上游的某个地方已经下了倾盆大雨，洪水会在不知不觉中咆哮而来。正是由于这些不确定的因素，大人们担惊受怕，而孩子们却无知者无畏，也正因为无知有的孩子葬送了性命。经常听到大人们神情灰暗惋惜地议论邻村谁家的孩子被洪水冲走淹死的消息，但年幼的我们总认为危险距离我们很远。

乡村闭塞，几乎没有盛大的事，但记忆里到河边看洪水却是唯一震撼心灵的事。

倾盆大雨之后，还没等我们这些孩子们出门，有些性急的大人就开始往河边汇聚，正是有大人们的引路，我们才可以正大光明地在这极其危险的时刻去河边。只要暴雨过后，沿途山上的水就会流下来汇入青龙河，这时的青龙河水量剧增，而且山上的河水都是泥沙混杂。滔滔洪水响声震天，翻江倒海很是壮观。小时候最壮观的景象就是看洪水，那震天的声响，那湍急的速度，那泥沙俱下的混浊，远远的上游就会有各种木头、庄稼等一波一漾地过来，我们站在河边的堤坝上好奇地看着这些，仿佛有天崩地裂换日月的感觉。想想那可怕的洪水猛兽，不用说小孩子，就是成人或壮实的公牛也会被冲走的。这也正是大人们禁止孩子们夏天到河边玩的原因之一。到了盛夏雷雨季节，孩子们受不了天气的燥热，午后经常溜到河边脱掉衣裳跳进河里玩水，男孩子只要找一个稍微宽敞的水域就能玩，女孩子就矜持多了，小时候条件差，没有洗澡的设施，因此到了夏季，女孩儿们也会找个比较隐蔽的地方下水洗澡玩水的。想想孩子们在水里玩得不亦乐乎，哪能知晓上游洪水的逼近。因此夏季大人们时刻警觉地看着天空，尤其是上游的天空，如果乌云密布就会一路小跑着呼喊孩子们上岸。孩子们经常是在大人们的叫唤声里或是母亲手里棍子的吓唬下回家的。

清清的青龙河给了我无尽的乐趣。

我最喜欢的事还是跟着父亲您去打鱼。您是村里少数几个会撒网捕鱼的人。我们家姐弟五人，我排行老三，性情像男孩儿，调皮好动。因此每次捕鱼您总要带上我，而且这也是我最情愿做的事。提着鱼篓像小尾巴一样，惊喜地看着您动作优美地抡起胳膊撒开圆圆的网，网在空中散开成圆，轻轻地罩在水面，慢慢下沉。河水不深，打鱼需要技巧，在什么地方能下网，只有您心中有数。当时您就是我心目中的神，无所不能，真的，感觉就没有能难倒您的事。每次我都是两眼放光盯着慢慢拖上来的网，屏住呼吸看有没有白花花的鱼。只要看到有鱼被网上来，我就会迫不及待地翻腾着查找。这时父亲您一般不会帮忙，总是满面笑意地看着我无比兴奋无比慌乱地翻腾。也有打不到鱼的时候，看到我一次次失落地噘起嘴，您就会不停地下网，打鱼几乎不是为了吃鱼，而是满足我的小心愿。

冬天，我们不畏严寒，被冻得小手通红，流着鼻涕，也赖在河边。严冬封锁了河流，厚厚的冰覆盖了水面，河面仿佛比原来宽了许多。那时候我们没有冰鞋，但我们会自制简易的滑板。用山上的松木，四四方方钉一个框架，前面拴一根绳子，一人在前面拉，一人坐在滑板上，忘记了严寒刺骨，只有开心的欢声笑语。大一些的孩子不用人拉，用斧子把两根木棍的一头削成尖状，直接一手拿一根自己向前划。滑冰也是有危险的，有的地方没有冻严实，我们只顾刺刺地向前，等听到脚下嘎巴嘎巴响时，一切都来不及了，经常会刹不住直接溜进水里，好在河水不深，只会把厚厚的棉鞋棉裤弄湿。弄湿棉裤是不敢直接回家的，回家也没有替换的衣服，还要被母亲责骂甚至挨打。于是就迈着艰难的步履忍着刺骨的寒冷，到附近的玉米地里，点火烘烤棉裤。那是多么艰巨的工程啊，距离太远烘烤的时间太长，距离太近又怕把棉裤烧了。但孩子的性情总是急的，烘烤的时候总能闻到浓浓的烧布臭味，有时候还会冒起白烟，一拍一个大窟窿。唉！棉裤弄湿不敢告知，烧个大窟窿就更不敢说了，只有多天后被发现责骂几句也就算了。

这就是村前的青龙河，留下太多记忆的地方！

父亲，在干燥的地下，您还能听到青龙河的哗哗声，还能嗅到河水温润的气息吗？但愿能够，我是您的宿主，如果您想，我可以带您到任何地方！

晚安。

2016 年 4 月 10 日

第三封信

老槐树下

父亲：一切安好！

两封长信，唠唠叨叨说了很多，对于在村里生活时间更长久的您来说，一定还有许多故事是我不知道的，我也相信我所说的小事和感受有些也是您所不知道的。

说完山和水，接下来就说说那棵见证咱村所有事件的老槐树吧！

老槐树下故事多！

咱村人口少，有最简单的秩序，瓦房呈正三角形依次排列，依山坡逐渐减少，一共五排房，到最高处只有一户人家，这户人家要上三个坡，越往上坡越陡。

全村只有两排在平坦处，然后就一排比一排高，呈梯状。

进村后不远就要上一个小坡，这个小坡一转弯又会有一个大坡。就在这个小坡上，有一片平坦的地段，这里正好是村子的第三排房，也是村庄的中线，是最集中人气的地方，就在这个小坡边生长着一棵老槐树。

这棵老槐树的历史和年龄，没有人能说清楚。

据村里最年长的凤奶奶说，自她记事起老槐树就是这个样子。老槐树顶盖繁茂像一把撑开的伞，正午的时候树下会有大片的阴凉，阴凉下有几块被磨得非常光滑干净的石头，村里都是庄稼人，不讲究，到哪儿都是一屁股坐下去，不会顾及尘土。其中凤奶奶坐的那块石头是专属的，只有她不在时其他人才会坐，其实凤奶奶几乎天天坐在那里，除非她病得卧床不起。她的家就在小坡的东面，凤奶奶快九十岁了，每天在这块石头上从早坐到晚，用她那混浊模糊的眼看着来来往往的人。她的头发没有一根黑发，如丝的白发被梳理得利利落落，用一个卡子固定在脑后。凤奶奶老了，但她的皮肤很白，皱纹很深，裹足很小，伴随她的拐杖很光滑，陪伴她的老黄狗很听话。

村里的老人和闲人几乎天天汇聚在老槐树下，东一句西一句地拉扯。谁家老婆汉子吵架了，谁家的牛不吃草，谁家的孩子被惊吓了，谁家早晨吃什么饭，几乎在这里被梳理得清清楚楚。忙碌的庄稼人唯一的歇脚地就在老槐树下。妇女们在树下一边清理刚从地里摘回来的菜，一边搜罗东家长西家短的家庭琐事。凤奶奶知道的最多，什么样的奇闻趣事都逃脱不过她的耳朵。无论喜事坏事大事小事，只要是凤奶奶刚刚听到的，她都会在毫无兆头的情况下，神色庄重又似乎是不经意地说一遍。虽然一遍遍地重复，但凤奶奶有一个原则只说事不评论。评论的事就留给听到消息的女人们，她们七嘴八舌，添油加醋地传话，有时候还不到中午吃饭，事情就演变到了一个极端糟糕的地步。比如谁家两口子吵架了——还动手打了——老婆的眼哭肿了——老婆的背上被捶了两拳——男人的脸上被挖了好几道血痕——老婆要上吊——男人要跳楼。谁家的牛不吃草了——牛病得不轻都不吃草了——吞咽不下去了——眼看就快死了！故事就这样说着传着，风吹着老槐树的叶子把听到的故事稀里哗啦地抖搂到空气里，有时候它也迎合着人们咯咯地大笑。

凤奶奶在引出话题后就一脸漠然地看着村口，她才不理会人们的评论呢。女人们实在猜不出结果一再追问，她就瞪着那双模糊的眼睛摇着头说：不知道呀，没人说呀！谁说了？女人们悻悻而去，回家做饭，一股烟就把刚才热烈讨论过的话题捎带走了。

老槐树下是饭场。附近的人家，坡上坡下只要到了吃饭时间，无论大人小孩都会端着碗蹲在老槐树下吃，仿佛只有在这里吃饭才能吃得香甜。因此谁家吃什么饭，一目了然地呈现在大家眼前，热情的婆姨们还会互相传授手艺，一边讨论一边交流。在这里人们关心的不是吃什么饭，注重的是吃饭时传递的信息。

人们流连在树下，久久不肯散去。

老槐树，经风历雨，树干一年比一年遒劲老道，枝叶一年又一年繁茂。尤其是树下这个场，是聚拢人气的所在，村庄不大，所有的人无论男女老少都是这里的常客。老槐树为自己能生长在这个地塄上而感到骄傲自豪，它见证了无数个春秋，眼睁睁看着村里的孩子渐渐长大，老人们一个个先后离去。

凤奶奶，一双灰蒙蒙的眼睛迷茫地看着村口，当某个老人去世时，她就会自言自语地说：下一个就轮到我了！

这样的话重复了几年，凤奶奶终于油灯枯尽，在一个平静的夜晚悄悄地走了。她没有得什么大病，人们都说她是老死了。

老槐树送走了凤奶奶，似乎也把繁华送走了。村里的年轻人一代代长大出走，村里仅剩的老弱病残也鲜有人坐在树下瞭望了。

老槐树下故事多的年代一去不复返了。

父亲，您是否有时还会回去看看呢？那棵老槐树至今还在，依然繁茂，但物是人非。我回去时还会在老槐树下驻足，想找回曾经，但凤奶奶坐过的石头的一大半都埋在土里，露出部分也被尘土覆盖，再也不会像以前那样被磨得光滑且有温度，它冷冷地在那里沉默着，人们冷落了它，它也冷落了过往的人们。

今天就说到这里吧！晚安！

2016 年 4 月 12 日

第四封信

先　生

父亲：今天天气古怪，刚刚还艳阳高照，现在却飘起雨来，不过春雨贵如油，又到了养种的季节，雨水充足，地里有墒才好下种。

今天咱们一起回忆看病先生的事吧。

先生，就是当时村里的赤脚医生，村里人一说先生个个心知肚明。小时候我最崇拜的就是先生，而且是敬畏的崇拜，神秘的崇拜，高不可攀的崇拜。

在我的记忆里，先生就是邻村的邵先生，他年龄和父亲您差不多，因此从我出生到离开村子，先生一直是唯一的先生。从记事起，我们村里大人小孩病了，请来的都是邵先生。他中等个头，皮肤白，牙齿整齐洁白，说话不紧不慢，和蔼亲切，面相和善。我从没有见他生过气，更没有见他对病人和家属发过火，总是心平气和。对于看病，无论贫富远近，也不管天气好坏，即使是三更半夜只要找上门，他二话不说就心急火燎地来了。他好像就是上天专门派下来治病救人的，是为先生而生的。

他有一个随身背着的诊疗箱，那可真是一个百宝箱，救命箱。每次看病，他都是先诊脉，问询一番后，小心地打开诊疗箱，病情轻微的，就拿出一些大大小小的药片，一遍遍交代家属或病人吃药的时间和药量的多少。有时是取出注射器、酒精、纱布等，主人赶紧烧一壶开水，倒在碗里给注射器消毒，邵医生用镊子小心地取出注射器，开始配药打针。有时是取出一张纸或干脆让主家拿孩子的作业本撕下一张纸，低头沉默着给开一个中药药方，买中药要到大一些的村子，或到他家抓药。邵先生给人看病，从不含糊，他急匆匆地来，但从不急匆匆地走，每次看着病人吃了药或注射以后总要等一半个时辰，看看病人的变化，直到确认药物起了作用才起身告辞。

邵先生皮肤白皙，相比那些整天风吹日晒的庄稼人，那样的皮肤真是少见。他的手干净光滑，也许是因为他每天触摸的是人的脉搏和药品针管的缘故，相比庄稼汉那树皮一般粗糙的手，邵先生的手是娇嫩的。村里的女人们都不敢伸出手和先生比，只能背后悄悄羡慕地议论邵先生的白皮肤和光滑娇嫩的手。因为拥有那样的皮肤和手，先生一直是女人们仰慕爱戴的人。

那时看病不收钱，邵先生步行而来免费看病，能赚到的就是买药钱，还有一顿饭。只要请来邵医生，女人们早早就准备饭菜了，最好的待客饭是饺子。邵医生一般不推辞，因为如果他不吃饭而去，这家主人会很长时间心里不痛快，总有一个疙瘩解不开，为了安慰病人和家属，好像约定俗成一般，总要吃过那顿饺子才走，除非又有病人等着。邵先生吃谁家的饺子，那是谁家的荣耀。出门不管有没有人问，都会说：今天吃饺子了，邵先生在！那时粮食短缺，尤其是白面，粗粮是主食，隔十天半个月吃上一顿白面就是改善伙食了。吃饺子只能有贵客来时才会有，因此在村里如果有人问：吃啥饭了？回答：饺子！必定会有第二句：谁来了？因为那时没有客人是不会吃饺子的。邵先生能经常吃到饺子，有时还能喝上两口酒。邵先生是最有人缘的人，无论走到哪里都会收获热情。因此我曾梦想长大也当先生，像邵先生那样，成为最受欢迎的人。

邵先生一生都在给人看病，可他却没有给自己的儿子看好病。

他儿子长得白白净净，内向腼腆，小学时学习一直很好，但上初中后不知道什么原因，越来越偏激，后来就开始说一些莫名其妙的话，要不就是不上学到处疯跑。邵医生用尽了所有办法给儿子看病，但收效甚微。后来村里人传说是因为他家小院正对着的那座小山。孩子的精神出现了问题，最终不到二十岁就走了。邵先生白发人送黑发人，儿子走了，他一下苍老了许多，话语更少了。

后来邵先生举家搬迁到县城，村里少了邵先生，要请先生就需要到更远的村子，而且年轻的先生几乎没有一个像邵先生那样德高望重，那样随请随到，那样平易近人，那样不计得失。后来国家重视医疗卫生，在每个乡镇都办了卫生院，行政村都有了卫生所，看病的医生都是有证行医。但人们依然想念邵先生。

现在村民的称呼也发生了改变，都直接叫医生，但我一直觉得医生远没有先生让人觉得敬重。

以前人们头疼脑热几乎就是安乃近和止疼片，这两种药在农村简直就是包治百病的万能药，谁家都必备着这两种药。而现在药品种类繁多，人们的病好像也五花八门地多了，尤其是癌症、高血压、糖尿病，得病的人十有八九就是这些病。科学技术进步了，疑难杂症复杂了，难道这也是成正比的关系？

先生消失了。现在人们有病就到卫生院或卫生所，很少能请到医生到家里看病了，更不用用最好的饺子来招待了。医生相比先生，在人们的心里距离是不一样，医生很远，先生很近。

今天就说到这里吧！

父亲，晚安。

2016 年 4 月 13 日

第五封信

教　员

父亲：天气温暖了许多，山上的桃花杏花迎春花渐次开放了，这是咱们这里的山最美最绚丽多姿的季节。人们的精神面貌也焕然一新，个个喜气洋洋，人们走出家门上山踏青赏花，怡情快乐！

说了先生，就不得不提教员。他们是 20 世纪七八十年代农村最有知识、有文化，最受人尊敬爱戴的人。

小学时，在校的学生管教师叫老师，但村民们习惯称教员。我们村的女教员，从我记事起就在，她的家在县城附近，但她扎根这偏远的小山村二十多年。女教员姓李，清瘦白净，眼睛清澈，个子中等，一直是齐耳短发，头发黑黝黝很有光泽。由于村小人少，我们学校一直是复式教学，三个年级在一个教室里上课，而且语文数学美术音乐体育都是李老师一个人完成。现在想想李老师真是全才，什么课都要上，但李老师有一个弱项绘画不行，上美术课经常用其他课代替，要么就是拿一个鸡蛋或苹果，让孩子们在石板上画。李老师有一强项就是嗓子好喜欢唱歌，因此我们的校园从早到晚书声琅琅歌声嘹亮，每天上午课间操后整好队来一次大合唱，下午放学整好队再来一次大合唱。那时的学校就三间房，李老师办公兼卧室在里面一间，隔着一扇门的外两间就是我们的教室。上课时，三个年级轮流上，一年级的孩子能把三年级的语文课文倒背如流。有时候课上得精彩，所有孩子都支棱着耳朵听，李老师只能在讲完后板着脸教训不该听的孩子说：你们的作业做完了？做自己的作业！

李老师在村里时间长了，为了解决她的吃饭问题，村里还专门给她分了一小块地。这块地成了我们的乐园。她带着我们这些十岁左右的孩子刨地点种拔草，到秋天收获时，我们一边戏耍一边肩挑背背，或两个人抬，打打闹闹就把一块地给拿下了。但大多还是李老师亲自动手，那时的学校窗台上经常放着西红柿南瓜等，像普通农户一样。

李老师以校为家，还养了几只鸡，那时她只是个民办老师，挣的钱太少，养鸡才能吃上鸡蛋。记得有一次过礼拜李老师回家了，临走时嘱咐要我记得给收鸡蛋。老师能把这么重要的事安排给我是对我极大的信任，我感到莫大的荣幸，于是约了同学在校园里玩捉迷藏一边玩一边偷偷观察那只要下蛋的鸡。整整一上午过去了，那只老母鸡还悠闲自得地在院子里晃悠，丝毫没有下蛋的样子。没办法，我们只好失望地回家了，但我丝毫不敢怠慢，午饭就像打仗一样三下两下扒拉着吃，饭还在嘴里没有咽下去就冲了出去，一路小跑到了学校。说也奇怪，我们刚离开一会儿，那只母鸡竟然已经在窝里准备产蛋了。我一阵窃喜，不敢惊动下蛋的母鸡，悄悄地蹑手蹑脚地坐在校院东边角上的碾盘上，因为这里能第一时间看到母鸡出窝。大约过了半个时辰在我昏昏欲睡的时候，母鸡红着脸一身轻松地走出鸡窝，并开始咯咯哒咯咯哒地叫唤起来。我一跃而起跳下碾盘去拿鸡蛋。窗台有 1 米多高，当时我个子小，使劲踮起脚伸长胳膊才勉强探到那枚还保留着温度的鸡蛋，我小心翼翼地握在手里，不敢握紧，生怕把它捏碎。正在这时和我同桌的小红神不知鬼不觉地在我身后大喝一声，她是故意吓唬我，我没防备，一惊吓手中的鸡蛋啪嗒一声摔在地上。瞬间，我们两个都惊呆了，互相干瞪着。然后在我还没有回过神来时小红拔腿就跑，只留下我，在白花花的太阳下，呆呆地看着地上流着蛋黄的破鸡蛋。整个下午我闷闷不乐，后来回家在我家的鸡窝里偷偷拿了一枚蛋给李老师顶上了。这件事我没有告诉李老师，当然也没有告诉母亲，小红也缄默不语。很多年后，记得有一次我和母亲说起这件事，有坦白的意思，没想到母亲竟然不在意地说，当时她就知道，只是不想戳穿我。早知道这样我何必忐忑这么多年！

山村很小，而且居住的村民都不是本地人，大多是从山东逃荒移民来的，他们说着和邻村截然不同的山东话，保持着山东人淳朴、厚道、吃苦耐劳的优良品德。因为是外地人，因此时时处处表现出超乎寻常的热情好客。对所有文化人的敬重，表现在对看病先生的崇拜，对育人教员的敬仰。妇女们随手从菜篮子里拿出最好的新鲜蔬菜硬塞给李老师，谁家吃饺子，都要先端一碗给李老师。

那些年，过年后请教员吃饭已经成为传统。

每年正月十六开学，也就从这天开始，李老师中午几乎不用做饭，因为全村的人家都要排队请她吃饭。农村正月的食物是最丰富的，妇女们忙碌了一个腊月准备下的豆腐、馒头、黄蒸、油糕、红烧肉、肉丸子等，准备下的吃食要吃到第二年的二月呢！小时候过年是一年到头最隆重最丰盛最开心的节日。穿上一件新衣裳，闻着没有经过水洗的布料的原始香味，心情激动不已，这可是一年 365 天唯一的一件新衣啊！吃着父母从腊月初就开始起早贪黑准备的食物，烧肉丸子也是只有到了年关才能吃到的，而且春节过后走亲戚串门子，不用干活，不用上学，是大人孩子最开心、最清闲的时候。

请教员吃饭当然要拿出家里最好的甚至舍不得给孩子

吃的好东西，将它们一股脑儿堆一桌子，大人们先敬酒，然后一定会把怯怯的孩子推上去敬老师。这时李老师总会实事求是地对孩子点评一番。这也是吃饭的重头戏，通过一顿饭家长了解了孩子的另一面。李老师的点评客观实在，先把成绩和优点肯定了，然后再一针见血地把缺点指出来，从来不只说好不说坏，这也正是大家敬重她的原因之一。因为她不虚伪，把学生当自己孩子来培养。

村里人质朴，当然也喜欢同样朴实的李老师。

孩子们对请老师吃饭是既兴奋又忐忑不安，因为敬酒时面对李老师有一说一有二说二的点评，是需要很强的承受力的，尤其是一些调皮捣蛋的孩子，更是脸憋得通红，大气不敢喘，就差大汗淋漓了。一顿饭吃得其乐融融，这与当今社会的请客、吃饭、送礼是截然不同的概念。家长们发自内心地想请帮助自己管教培育孩子的教员吃饭，教员一家家去吃，如果不去哪家那会使这家人伤心痛苦，因为不去吃就意味着崇拜敬重的人不给面子。谁家请不到教员吃饭，会被邻居议论很长时间。谁家不把最好的食物拿出来给教员吃，会心里不安的。李老师平易近人，无论谁家请都会很痛快地答应，不管这家卫生条件多么差。

那时请教员吃饭是多么光荣自豪的事呀！那时人们的心态是多么单纯、阳光啊！

先生和教员已经成为大家生活的一部分，是比亲人更亲近、更尊敬的人。

父亲，今天就说到这里，对于先生和教员，您比我更了解。

女儿敬上，晚安。

2016 年 4 月 25 日

第六封信

地动摇

父亲：一切安好！

这几天我们回忆了山河，想到了老槐树，还说到了先生和教员。我们村里有许多很有特点的人，但不是每个人都能让人记住。今天咱们聊聊地动摇大爷吧！

地动摇是村里的一个壮年汉子，他饭量大，力气大，走路踏地有声，每一脚下去似乎都能感觉到地在摇晃，因此人们都叫他地动摇。地动摇大爷，浓眉大眼长相周正，年轻时是个美男子，娶了个媳妇叫引弟，都说是因为她上面一串五个闺女，想儿子想疯了的老父亲给她起名引弟，还别说在生了两个闺女后终于引来一个弟弟。地动摇大爷，憨厚老实，不多言语，每天就知道闷头干活。喜气洋洋地把引弟娶过来后，地动摇大爷的日子发生了翻天覆地的变化。

引弟是个敢说敢做、快言快语的人，很热情爱炫耀，地动摇的善良厚道与引弟的势利跋扈根本不在一个平面上，但婚姻却把两个截然不同的人捆绑在了一起。

他们家住在村西头，村主任家住在村东头。每天天刚蒙蒙亮，地动摇大爷就起床开始干活了，先是抡起扫帚把院里院外打扫干净，放下扫帚就拿起担杖水桶去挑水，这几乎成为储存在他大脑里固定的程序。

村里只有一口井，供全村人畜吃喝。挑水是每家男人的头等大事，因为这是体力活。

地动摇大爷身板健壮，一口气就能把水缸灌满。他不怕出力气干活，但老婆引弟的命令使他非常恼火难堪：去！把东头的水缸灌满！东头，地动摇当然知道是村主任家。要说引弟和村长也没什么瓜葛，根本没有男女之间的事，可引弟就是一个势利眼，而且赤裸裸不怕人说三道四。地动摇大爷实在不想去，可如果不去，老婆就会十天半个月不和他说话，不给他做饭，晚上给个冰凉的后脊背，像刺猬一样支棱着长刺不让动一下。可是去吧，心里无论咋地都不是滋味。但为了不惹恼老婆，地动摇大爷只好每天把自己家的水缸灌满，然后一趟趟跑到村东头把村主任家的水缸灌满。每次村主任总说不用不用，还给他递上一支烟，可地动摇大爷总是笑笑说：捎带捎带！

引弟是个热情的女人。她，不用到地里干活，只管在家收拾，这在我们村，这样的女人是被其他女人羡慕嫉妒恨的，有福气呀！而且引弟在家里有绝对的话语权，当家主事说一不二。地动摇大爷只有一身大力气，其他的都唯唯诺诺听老婆的，无论对错，从不皱眉摇头，绝对服从。

20世纪70年代的农村一片热闹景象，家家户户孩子一大串，鸡鸭猪狗满庭院，庄稼人守在自己的一亩三分地上日出而作日落而息，世代农耕养家的山里人，家家模式一样。男人整天风里来雨里去，没白天黑夜起早贪黑地干，也不一定能保证填饱一家人的肚子。女人睁眼就像陀螺一样忙得团团转，吃饭喝水都是忙里偷闲捎带，但孩子的衣服是脏的，屋里乱七八糟。张口吃饭的太多了，男人、孩子，加上鸡鸭狗猪，不下几十张嘴，一双手毕竟是有限的，因此女人忙得昏天黑地还得睁一只眼闭一只眼，要不搭上晚上不睡觉也整理不出一个有条理的家。引弟就不一样了，引弟家也和普通家庭一样，喂养了鸡鸭狗猫，但引弟嫁过来好几年了也没有给地动摇大爷添一个张口吃饭的孩子，没有孩子日子过得轻松多了。引弟不用跟着男人下地干活，顶多也只是到地里摘摘菜。但引弟会做饭，在家里她有足够的时间琢磨如何把一顿普通的饭做出花样来，因此地动摇大爷因为引弟老婆就有了口福。这也是地动摇大爷感到欣慰的一点，他可以到处炫耀说：中午吃了四碗抿圪斗！晚上喝了五碗豆面和子饭。地动摇大爷没有白费他的好饭量，一天到晚精力充沛，仿佛有使不完的劲，脚落地更是咚咚有声。

引弟会做饭，更喜炫耀，她从不会在家悄悄地享用。那时最好吃的是猪肉馅饺子，每次吃饺子，引弟总是端一碗来到老槐树下，路过一人就拉住让尝尝，抵不过引弟的热情和猪肉香味的诱惑，大家都会捏一个填到嘴里，然后一边称赞饺子的美味一边恋恋不舍地走开。引弟接受着大家的赞美，感到无比自豪和骄傲。就这样一碗饺子不大工夫就被尝完了，引弟自己几乎一个也没吃到。当引弟拿着空碗回家时，甚至还会有人大声喊着：引弟再端出一碗尝尝！有的人则压低声音说：嘁！回家喝面汤去了！

引弟因为没有给地动摇大爷生下孩子，生活过得乏味了，就想离开，开始大闹着要离婚。那个年月，闹离婚简直是奇闻逸事。男人和女人一旦成家，即使整天吵闹打架，也很少提出离婚。离婚那一炕头孩子怎么办？引弟没有生养，就没了羁绊。但她的离婚也不是一帆风顺的，首先是地动摇大爷不同意，于是引弟就天天找茬吵架，又哭又闹，跳井上吊，每天都要整出一新花样，最后地动摇大爷筋疲力尽不得不妥协，引弟如愿以偿，他们离婚了！那时的农村只有结婚的，几乎没有离婚的，十里八乡谁家离婚了那就会成为爆炸性新闻。同样地动摇大爷的离婚也是疯传了好久。更为轰动的是引弟出走了，在外地嫁给了一个有钱人家，村里的老年人都说：引弟真有本事，还嫁给了个“地主”！令村人惊讶的是，离婚后的引弟隔一年半载还会回来看望地动摇大爷，给地动摇大爷带回好多衣服和吃的。村里的婆姨们也盼望引弟的归来，因为引弟每次回来都会带回很多金银首饰，而且毫不吝啬地分给相处不错的姐妹们。她不仅仅炫耀自己捏的饺子，她确实是一个非常大方的人，金银都不放在眼里，这样的女人很少见。后来引弟再没有回来过，村里人偶尔会提起她，时间久了就慢慢淡忘了。忙碌的日子容不得人们留恋一个和自己关系不大的过往人。人们只是猜测，引弟是不是被“地主”家害死了或者是病死了，因此曾经接受过引弟金银首饰的女人多少有一些不安和想念，但很快，一切都在忙碌中淡忘，引弟成了一个偶尔的话题。

地动摇大爷的心事，别人捉摸不透，因为他不多说话，因此也泄露不了情绪，这和那个爱招摇的前妻是截然不同的。他们的结合，曾经被人们说成阴差阳错，这阴差阳错的日子延续了八年。离婚两年以后经人穿针引线，地动摇大爷娶了一个带着三个儿子两个闺女的寡妇。天下事真是变化莫测。地动摇大爷原来过着简单的二人或一人生活，虽然引弟好闹，但也总归是一个人。新组合的这个家就不得了，屋里屋外就像打仗的战场，孩子们像孙悟空大闹天宫一样天翻地覆地闹腾。地动摇大爷的脚步仍然踏实有力，但他更少了言语，只有匆匆的背影，直到他的儿子出生，一下改变了地动摇大爷的生活。他不说话，笑容却多了，走路的力气更大了，见人只要说起儿子，他总会重复一句话：我命里有儿子呀！谁也拗不过命！

还在地动摇和引弟在一起生活时就有一过路的算命先生预言说：你命里有后，会有儿子的！也正是这句话惹恼了地动摇大爷，差一点抡起拳头打了算命先生，因为他娶引弟五年了，不用说儿子就是闺女也没见一苗，引弟这个老婆活脱脱就是一个现世宝。也因为这句话，引弟收敛了脾性，开始到处寻觅偏方希望能给地动摇生下个儿子。可老天就是这样捉弄人，引弟整天熬着黑乎乎的中药汤，用她的话说就是把肠子都吃黑了，也没有开怀的迹象。最后只好听天由命了，而且每每说起就气不打一处来，骂地动摇大爷不中用，骂算命先生胡说八道。离婚的原因不知道是不是因为不能生下儿子，反正引弟折腾了一年多，地动摇大爷的脸阴沉了一年多，最终他们还是离婚了。

离婚不见得是坏事。地动摇大爷离婚后日子过得忙乱充实，更有了传宗接代的儿子，他很满足。

今天就说到这里，您是否也想起了以前的这些事呢？当然您比我更清楚当时事件的来龙去脉，我所说的也只是道听途说，不够准确，您觉得呢？

天上星星明亮，因为月亮躲起来了。

晚安，父亲。

2016年5月1日

第七封信

忙不完

父亲：今天风大，还有雾霾，整个天空灰蒙蒙。小时候环境好，只有如纱如梦的雾，可现在我都分不清什么是霾？什么是纯正的雾了。

最近，脑子里一直想以前的事，越想越亲切，童年是人生最重要的一个阶段，发生的一切都是美好的。我现在没事时就经常回忆起美好的童年，虽然那时很贫困，但我的记忆却是丰富的。

今天说说我的扯不完大表姐。

扯不完——大表姐，齐耳短发，四方脸，双眼皮，眼珠黝黑，身材偏瘦，走路飞快。大表姐是出了名的热心肠，谁家孩子老人病了，她一定第一个知道，第一个拿上舍不得吃的鸡蛋挂面去探望。鸡蛋不够就跟邻居借，然后等着自家的老母鸡下蛋后还上。因此虽然家里养了七八只鸡，也舍得一把米一把米地给鸡吃，但她家的鸡蛋总轮不上给孩子吃，几乎都被拿去看人了。那看望是发自内心的关心和问候。家里穷买不起肉，鸡蛋也吃不上，孩子们赌气埋怨大表姐，有时候以不吃饭相要挟，大表姐一边骂孩子嘴馋一边烧火煮鸡蛋。

大表姐生来就是一个热心肠，谁家有事也少不了。婚丧嫁娶满月生日只要是事，她总是前三天后三天地忙得不可开交。大表姐人勤快，从不睡懒觉，早早起床收拾做饭，晚上别人家都吃过饭洗锅了，她还在做，她家开饭总是最晚的那家。后来人们总结出大表姐有两个突出的特点：一是身体勤快，忙不完；二是嘴勤快，扯不完。无论走到哪里说起东家长西家短的事就没完没了，而且一边说时间不早了赶紧回家做饭一边扯着没边没沿的话再说上个把小时。邻居们都知道她的毛病，都是在她扯不完的时候一边应付一边做手边的活。大表姐是个有名的话唠，重要的一点是每说一件事，听的人想知道的是结果，比如某人外出，今天下午回来，大家关心的是他是否按时在天黑前回到村里。可大表姐会把此人几点走的，以何种方式走的，是骑自行车还是步行，是搭伴儿还是一个人，搭伴儿对象是男的还是女的，老人还是孩子，在外出的时间里都干了什么（当然都是道听途说，还有大表姐的推理），然后回来的路上遇到了什么奇闻逸事，通通都唠一遍。听的人一再追问：那他回来没有啊？大表姐一脸严肃不紧不慢地说：我这不是和你说吗！然后七绕八拐，八拐七绕不说到天黑，此人就是回不到村里。大表姐就是这样一个人，说话能把所有的事都耽误了，因此村里人才给她送了个雅号叫她扯不完——把大把的时间都用在扯不完的事情上，家里家外大人孩子吃喝拉撒，即使忙得团团转，还是赶不上趟。

大表姐的男人，我们的表姐夫，也是一个忙不完的人，他清瘦俊朗，和大表姐一样拥有一双黑得发亮的眼睛。表姐夫是我们村的大能人，具有科学家的潜质，只可惜他没有读太多的书。表姐夫原来是个心灵手巧的木匠。20世纪70年代的木匠是农村很受欢迎的职业。因为家具桌子板凳都是木匠制作，没有卖成品的，何况那时也没有钱去买。人们头脑里还没有买的概念，只是置办木料，请木匠来家里，在院子里叮叮当当打制。木匠标志性的形象就是耳朵上经常别着一支铅笔，因为要在木头上刻画标记。木匠练就了用一只眼看水平的本事，他经常拿起一节木头，放到和眼水平的位置，然后闭上另一只眼仔细端量。表姐夫干的是技术活，普通人没有那技术只能端茶送水递烟上酒，那时的木匠真神气。他们的形象永远是右耳朵上别着铅笔，左耳朵上别着纸烟，一会儿刮一会儿刨，一会儿沉思一会儿端量。我居住的村庄仅仅二十几户人家，每家每户的家具都是表姐夫给做的。那时木匠的收入就是在主家吃饭，当然主家一定会拿出最好的饭菜来招待，然后就是象征性的几个工钱。

表姐夫是能工巧匠，同时，他还是村里最优秀最精明的修理工。家具用的过程中出现问题，他只要来看看摸摸就知道问题所在，然后回家拿上工具一会儿就修好了。当然家具是他制作的，问题好解决，可对于一些电器，他同样能摆弄好。因此他除了做木匠，种自家的地，干自家的活以外，总有人来找，忙也忙不完。比如那时家家户户都有的手电筒，怎么好好的就不亮了，于是拍拍打打甩甩都不起作用的情况下，好，去找表姐夫。他拿着手电筒扭扭这里拍拍那里，有时候还没来得及仔细查看，突然就亮了，大家笑逐颜开，表扬表姐夫真是“神医”。当然有时候没有这么简单，他就让放下研究研究，但不出半天工夫准能修好。后来市场上流通买卖的商品多了起来，人们购置了手表和挂钟，手表和挂钟也是会出故障的，这些精密的物件有了毛病，老实巴交的农民只能小心翼翼地送给表姐夫。表姐夫更忙了。当然所有的修理都是免费的，都是本村乡里乡亲，大家左一个姐夫右一个他姐夫，这姐夫就像大家的亲姐夫一样，因此既不能不给修也不能有任何抱怨更不能收取费用。表姐夫也不是万能的，也有他修不好的，那这件东西就只能报废了。村里人坚信连表姐夫都修理不了的东西，就一定不会有人修好了，只能寿终正寝了。

后来市场上有了卖家具的，款式新颖漂亮，年轻人为了追逐时尚开始出钱购买，于是木匠的生意逐渐冷淡。

表姐夫转行了。

一个打铁铺子在他家的院子里开张了。他家的院子好生热闹。一天到晚叮叮当当的打铁声不绝于耳，风箱呼哧呼哧地喘着，火星噼噼啪啪四处迸溅，表姐夫光着膀子大汗淋漓，鸡叫就起来点火，晚上半夜依然火星四射。但铁制品损坏慢，买上一件就可以用好多年，这生意也没有大的起色，更何况表姐夫半路出家，打制出来的东西粗糙，除了本村人用，其他销路不畅，没多久就熄火关门了。

表姐夫又转行了。

木匠没市场，铁匠不挣钱，他就开始琢磨着酿醋。说干就干，在外出学习咨询之后，没多久他家院子就醋香弥漫。

后来表姐夫又琢磨着打月饼，开始人们吃着新鲜，后来也逐渐冷淡。

忙不完表姐夫依然和扯不完表姐过着忙碌而贫困的生活，印证了父亲您给表姐夫一句最经典的总结：艺多不养人！

父亲，说起咱村的这些人，可真是有趣，令人回味无穷，只可惜扯不完表姐和忙不完姐夫都先后得病死了，他们年龄都不大，难道他们是把精力过早地透支了？

今天就说到这里吧，他们的音容笑貌依然在眼前，尤其是那双黑豆一样的眼睛。

总在黑夜想起您，成为我的幸福时光。

父亲，晚安。

2016 年 5 月 4 日

第八封信

震天响

父亲：今天天气晴好，热！

孩子们都已早早穿上半袖，我直到今天才穿，确实感觉到闷热难当。

今天咱们说说住在咱家后坡上的震天响大爷。

震天响大爷爱说话嗓门大，是尽人皆知的。他一生勤快，好像从来不知道疲劳，总是精神抖擞起早贪黑地在地里干活。

说起勤快，在我印象里我们村的男人女人几乎个个不懒，他们为了生存每天都在努力劳作。

震天响大爷的嗓门，无时无刻不在暴露着他的行踪。尤其是在地里叫喊耕地的老黄牛时，更是三里之外都能听到。他在牛儿不听使唤时，嗓门更大，像教训他儿子一样骂着：你是石聋子呀！不是让你向左吗？——不是让你回头吗？你那个耷拉着的耳朵是摆设呀？瞪着你那灯笼眼珠子看什么——眼瞎呀！听听，不知情的外地人听着，一定以为他在骂人，只有本村的人习惯了，知道他又在教训那头被骂得晕头转向的老黄牛。他家的牛是村里所有牛中最健壮的一头，是震天响大爷的骄傲和自豪。因此虽然他经常恨铁不成钢地骂，但他爱惜这头牛胜过对自己的大儿子，这句话也是他经常挂在嘴边的。他挑选最鲜嫩的草料喂它，从不让它喝不干净的水，无论多累都要牵它到不远处的青龙河里喝水。冬天夜长，他每天半夜起来给牛加料，经常说牛无夜草不肥。他精心呵护着这个陪伴他十几年的伙伴，每天对着它念念有词。他像夸赞自己的孩子一样喜形于色地说：唉！看把你娇贵的，老子每天像伺候祖宗一样伺候你，你还要咋？

他乐在其中，老黄牛也很享受，摇晃着脖子上的响铃叮叮当当跟着他，不紧不慢，不声不响。

震天响大爷，和我家没有亲戚关系，就像地动摇大爷一样。在我们村，邻里关系和睦，互帮互助，只要一家有事，左邻右舍都会不请自到，不要一分钱却使出全部的力气毫不吝啬甚至比给自己家干活还卖力。因为他们知道当自己家有事时也同样会得到帮助，这是优良传统。

在村里，我们还保持着另一个优良传统，那就是在称呼上像一家人，大爷叔叔哥哥、姑姑姨姨姐姐叫着，虽然不一定有亲缘关系，但在这个村就像一个大家庭。我们的爷爷或老爷爷辈都是从遥远的山东搬迁而来的，整个村庄几乎没有一个当地人，都是我们这些外来户。也正是因此，大家出门在外相互照应，保留着自己的好传统，操着一口山东口音，吃着煎饼卷大葱。

按照习俗，对于比父亲年龄大的男同辈，我们都叫大爷，就像地动摇、震天响大爷，年龄小的就叫叔叔，在村里我们有太多的大爷、叔叔。

震天响大爷和地动摇大爷一样，似乎生来就是为土地而生。土里来泥里去，风里来雨里去，一天到晚在自己家的土地上摸爬滚打。

但震天响大爷有一门技术就是杀猪。

村里人精心喂养一年的肥猪，在年根腊月都会被宰杀，人们肥肥美美地过一个丰盛的年，于是进入腊月震天响大爷的日程总安排得满满当当。

虽然都是五大三粗的男人，但有的人胆小，杀鸡都不敢，对于杀猪这么残酷的事，许多人干不了，还有就是即使干，有时候因为紧张捅进去的刀子会有偏差，猪很长时间死不了，有时候还会挣扎着跑起来，脖子上血流不止，四处逃窜，吓坏了旁观的妇女孩子，也忙乱了刚想抽支烟歇一歇的男人。

而震天响大爷杀猪，一刀毙命，从没有失手过。

杀猪是一件很血腥的事，也是一个家庭非常重要的事，女人们容易动感情，喂养了一年的猪就成了朋友，就要被白刀子进红刀子出的时候，都躲回屋里，不忍心看，有的听到猪嗷嗷叫唤就会眼圈发红。但我们小孩子就不一样了，对一切都感到新鲜，因此只要是杀猪，就跟在大人的后面伸长脖子胆怯又好奇地张望。

那口平时熬猪食的大铁锅，一大早就烧开一锅滚烫的水。

几个年轻力壮的男人开始动手了。养得肥头大耳的猪，似乎有预感一样，哼哼唧唧地警觉着躲在猪窝里，或者靠在猪圈的旮旯里惊恐地看着人们。但动物就是动物，更何况蠢笨的猪，一身肥膘拖拽着，有的猪肥胖的肚子几乎拖到地上。男人们勇敢上前七手八脚把肥猪扳倒在地，有的说把脚捆起来，怕猪跑了，有的说，不用！就看杀猪人的本事了。男人们说笑着，这时，震天响大爷出场了。他从来不参与逮猪捆绑的事，在这个时候他就是一个威风凛凛的将军，只是站在一边看着。只有猪被结结实实放倒了，他才不紧不慢地上前，左手拍拍猪脖子，右手拿着一把明晃晃瘆人的杀猪刀准确无误地捅进去。肥猪一声歇斯底里的长嚎，然后就是逐渐低落的哼哼哀号，最后是像风扇一样的喘息声，随着喘息肚子一起一落，持续几分钟就一动不动了。

活了一年的猪，一命呜呼。没有怜悯，同情，似乎它的生和死都是理所当然。

接下来男人会把猪的四只脚用绳子拴起来，四脚朝天倒挂着被抬上沸腾的大锅，煺毛、开肠破肚还是震天响大爷的事。这时除了少数几个留下来帮忙的，其他人都散开了。男主人跑前跑后，听从震天响大爷的调遣，一只活生生的猪，被变成白花花的猪肉，要整整忙活一个上午。中午饭是丰盛的，新鲜的血脖子肉炖白菜粉条，几乎是传统菜，那肥肥美美的大片猪肉，香味扑鼻，最高兴的还是我们这些孩子，能美美地敞开肚子吃肉是多么幸福的事啊。

那时的猪肉香，喂养的猪需要整整一年才长成，而且吃的是野菜和玉米高粱，当时没有饲料，更不会有添加剂，猪不会速成，只能一天天长大，一天天长膘。

震天响大爷忙活一上午，能吃一顿香美的猪肉饭，同时还会得到两斤猪肉。这两斤猪肉是主人家主动给的，也是传统和习惯。

小时候我很怕震天响大爷，就是因为他杀猪，我总觉得他那把寒光闪闪的杀猪刀杀个人更是小事一桩。也许职业使然，震天响大爷天生脾气火暴，说话嗓门大，容易发火。他活了八十多岁，一天也没有离开过土地，只是年龄大了，杀不动猪了，那把明晃晃的杀猪刀也生锈了。

父亲，震天响大爷对您是最有感情的。您得病去世后，震天响大爷整天蹲在能看到我们家院子的坡顶上抹泪，还不住地说：唉！这么好的一个人，老天不长眼呀，如果老天有灵，怎么不让我那个不争气的大儿子换你的命呀。虽然他的大儿子先天不够机灵太过憨厚皮实，一生未娶，但能舍得自己的亲生儿子，换您的命，可见他对您多么不舍。

如今，他们也都先后走了。地动摇大爷比您走得早，震天响大爷比您走得晚，他们曾经和您朝夕相处，还有村里很多人，也都一个个去了，尤其是男人们因为操劳透支了精力和体力都走得早，村里只剩下一些老女人守着空荡荡的房子，少了生气，缺了阳气。

今天就说到这里，他们曾经是您的好兄弟，但天下没有不散的宴席。

不说了。父亲晚安！

2016 年 6 月 10 日

第九封信

走向老龄化的村庄

父亲：安好！

咱们村，在你们的那个时代最热闹、最有活力。

那时，村里除了几个公家人在外上班，其他人几乎都守在那一亩三分地里，男人们最关心的是天气、收成、庄稼的长势，互相之间讨论研究的话题永远离不开土地。女人们挎着篮子领着孩子，到菜园摘菜，到河里洗衣，在院里打扫，在锅台边做饭。农村的男人累，劳作之后就是喝浓浓的茶，抽最廉价的旱烟。农村的女人不知道什么是累，跟着男人到地里干农活，回家男人喝水抽烟，女人烧火做饭，饭后男人午休睡觉，女人洗锅抹涮，然后还要三三两两地坐在老槐树下东家长西家短地说笑。孩子们，一个个像土猴，大呼小叫地一窝蜂疯玩疯长，农村的孩子自由，没有太多的约束，像路边的小树不知不觉就长大了。村里牛羊成群，鸡鸭满院，即使最贫困的人家也热热闹闹。那时的人们没有过多过高的欲望，容易满足，也因此而快乐幸福。

但村子在你们离去后就开始逐渐衰败了。

村后的山，还是原来的样子，依然贫瘠不长大树，裸露着红色的砂石，那条通往山顶的小路也逐渐被荒草占领，因为已经很少有人上山了。村前青龙河的水量比以前少多了，河里的石头凸显在外，有时候还会断流。只有到了夏季雨水多了，才会恢复到原来的模样，也能撒网打鱼，只是村里的年轻人没有人会撒网，他们只会挖蚯蚓做饵去钓鱼。但钓鱼的人也很少了，因为村里除了留守的老人，年轻人都到县城了，为了孩子读书，他们别无选择。

少了人气的村庄，寂寞无声。

邵先生举家搬迁走了，要看病就要到乡里，或者另一个行政村。

离开了这个令他留恋又痛心的地方，因为他每天要面对的那座小土丘，压得他喘不上气来，而且越看越难受，越相信是这座土丘要了儿子的命。他搬到了县城，县城有专业看病的医生，更何况他老了，就不再给人看病。有一次，我去找他，他说现在的一些药他都叫不上名字了。

学校的李教员退休了，学校撤了，当然是在李老师退休后。

后来又先后调来两位老师，但时间都不长。为了整合资源，学校该合并的合并，该撤销的撤销，不用说我们这个小村，就是好多行政村都没有了学校。国家一直提倡要重视教育普及教育，可当时的情况是，县城学校人满为患，有的乡村学校教师比学生多，面临撤并。学校的难以为继和教育的普及俨然成了一对令人担忧的矛盾。

对于这种现象，人们有一个统一的说法就是市场经济的必然结果。但我深深地感到忧虑，而且我相信在历史的发展长河中，在国家大力提倡普及教育的前提下，这种学校的萎缩撤并现象一定会改变。

学校是一个村庄的生气，是精气神，没有了孩子的欢声笑语，没有孩子的嬉闹，家庭是冷清的，村庄是无声的，延续的根基动摇了。

每年我都会回去几次。回去给您上坟，有时是回去探望亲戚。

我非常想念咱们村的小院子。村里的女人爱在小院子里养花，各种花形艳丽香气扑鼻的芍药、海棠、指甲花争奇斗艳。女人们爱美的天性使她们无论生活的多么忙乱也不忘装扮家园。

我们村里家家户户院子里都有一个小花池，每当春夏，花儿盛开，满院香气。花儿开了，女人笑了，院子里更热闹了。男人们当然也不甘落后，为这个奋斗苦战一生的家园，他们在院子里种了梨树、苹果树、李子树、桃树、杏树，拥挤而热闹，繁茂而有生气。

父亲，您一定记得我们家院里的那两棵大梨树吧。梨树下一个石桌，不知道有多少个夏天，我们一家人围坐在那里吃饭、喝茶。虽然发生过吃饭的碗里突然多出一条失足的小虫，也会有树叶落在头发上，甚至会有成熟的大黄梨啪嗒一声打在肩膀上，但大树底下好乘凉，就着风吃着饭，非常惬意爽快。咱家房前屋后还有很多不同品种的树，桃树、杏树、李子树，每到夏秋孩子们总能吃得不亦乐乎。后来我离开村子，但念念不忘的是屋前那棵每年挂果丰盛的老杏树。

今年，我回去摘杏了，一家三口，您的外孙已经是大小伙子了，一米七五的个子，将近两百斤的体重，还和小时候一样壮实，就是偏胖了，他也在努力减肥，但效果不明显。

老家的邻居们依然热情好客，咱家的那棵杏树依然黄灿灿的，挂满成熟的果实，但诱人的杏都在树梢上。住在咱家前排的刘大爷出来把我们叫到他家的杏树下，要我们摘他家的，可依然够不着那些高高在上的诱人的红杏。小时候我们一个个都是爬树的高手，不管男女蹭蹭几下就上树了，可现在城里长大的孩子，甚至都不会去尝试爬树。看着我们围着杏树团团转，刘大爷回屋拿了一把锯，三下两下就把一偏枝锯了下来。我大声制止，觉得太可惜了。但大爷说：这东西就是你们年轻人吃的，我和你大娘都老了，谁也不想吃，你看落了一地的杏，都喂鸡了。

我笑着对惊愕的老公说：看看！这就是俺村的人！

然后无论我们路过谁家，一旦被主人看见，都会热情地邀请我们到他们家的院子里摘，拿凳子、搬梯子，用尽一切手段。

这时我才发现咱们村里几乎家家户户都有杏树。

以前，村里孩子多，等不到树上的果实成熟就开始摘着吃，一个个像猴子一样挂在树上。无论哪种水果都禁不住这些像蝗虫一样的孩子不停歇的嘴。我们除了吃自家的，还要背着大人“偷”别人家的吃。一边享受口福，一边享受刺激乐趣。其实我们的“偷”都是在大人们睁一只眼闭一只眼的情况下完成。因为孩子们淘气性急，总是在瓜果还没有成熟时就下手了，大人们一再警告，等熟了！等熟了！可我们怎么能等得了，于是就顶风冒险“偷”。现在回想起来都十分有趣。

现在村里孩子少了，老人们牙齿不好不喜吃，好多梨、苹果等都只能自熟自落。

父亲，咱家两棵老梨树还在，那棵盛开了五十多年的粉红牡丹还在，这棵牡丹是爱美的母亲在你们刚刚结婚不久就栽上的，我们一家精心呵护，它自然一年年盛开，硕大的花朵招蜂引蝶，香气扑鼻，它是我们村时间最老的牡丹，后来女人们羡慕就栽了许多芍药，一起争奇斗艳。

家乡的小院，是我们的乐趣所在，但现在人去房空，物是人非。

算了，不想说了，记忆真好，但也有酸楚。

父亲，晚安！

2016 年 6 月 14 日

第十封信

失落的家园

父亲：您还好吗？今天我情绪很低落。

现在咱村变化太大了，近几年国家提倡新农村建设，就是要改变旧村旧貌，给老百姓一个安居乐业卫生健康漂亮有序的家园。我们村一天天衰老下去，它就像一个进入老龄的人，衰老退化成为不可逆转的事实。原因很多，其中最主要的原因是人口的减少。

以前咱们村二十五户人家，将近一百口人，而现在一排排的房舍仍在，但常住人口只有不到二十人，这二十人中平均年龄都在六十岁以上，且女人居多，好几个院子里就只住着一个七十多岁的女人坚守。年轻人为了孩子上学都搬到县城了，除了春播秋收的季节回来忙几天，其他时候，偶尔回家看看也只是吃顿饭就匆匆离去。等待期盼孩子们回家，成为留守老人的唯一希望。

父亲您一定不会想到，仅仅十几年变化就这么大。你们年轻时，大家伙在一起上山打猎下地务农，一家有事你帮我助，其乐融融，大家亲近如一家。但现在为了生计为了后代背井离乡，在外奔波，一年也聚不到一起，见面的机会很少，更谈不上在一起磨合感情了，亲情淡薄，以前是邻居就像亲兄弟，现在亲兄弟也像陌生人了。

村庄像一个老态龙钟的老人，缺乏蓬勃向上的朝气，不知道再过几年，留守的年老者逐渐去了之后，咱们村会是什么样子，十几个人变成几个人，几个人变成一个人，最后人去房空，人没了，狗没了，鸡没了，村消亡了。

这种状况不仅仅出现在我们村。

许多村庄都在走着这样一条不归路。

失落的家园，荒芜的村庄，撂荒的土地，逐渐增多。

这也许是社会发展的规律。追求发展，向往美好是每个人的理想。

年轻人憧憬、向往大城市的热闹，于是开始鄙视、嫌弃生养自己的贫瘠偏远村庄。

我去过很多原本人声鼎沸的山庄，那里房屋整齐排列，而且很有规模，原本上百口人的村子，由于偏远现在已是人去房空，院子里荒草肆虐，只有不知名的昆虫发出吱吱的百无聊赖的叫声。村前的土地，一块块撂荒，荒草覆盖下分不清地边地堰，再不会长出一苗庄稼。那条被踩踏得瓷实平整的小路，也面目全非，不仔细寻找，几乎找不到路了。真应了那句话：什么是路，走得人多的才是路。

没人走的路还是路吗？没有人的村庄还是村吗？社会发展了，人们纷纷拥向城市，在那里置业买房，导致房价飙升居高不下，虽不断开发修建，仍供不应求。失去土地的年轻人，为了生计要么开商铺，要么到矿上打工下煤窑。时间长了，他们再不愿意回到生他养他的村庄。他们再不愿意起早贪黑去种地，靠种地也确实改善不了生活，付出和收入严重不成比例，导致他们不屑于种地，不屑于把青春年华浪费在这片黄土地上。这和20世纪70年代的农民观念是有本质区别的。那时候人们离不开土地，不种田就没有活路，现在人们都纷纷离开土地，不离开就没有希望。

这就是社会发展的结果，但一定不是趋势。

我们村的居民也都是移民搬迁来的，他们从遥远的山东来到这里，但最初并不在这个平坦宽阔的地带。他们拖家带口一路讨吃来到这里，看到逶迤的群山，他们满意了，因为这里再不用像山东老家那样年年遭受水灾之苦了。于是他们三三两两钻进山沟沟里，紧靠土崖，挖个能遮风避雨的窑洞，然后在窑洞附近找一些平坦的地方开荒种田，家园建成了。他们有的单家独户，有的三五户隐没在大山里，几乎不和外界联系，唯一的联系就是徒步出山，换盐打油买布料和棉花。后来这种闭塞的生活实在难以为继，更多的是为了孩子，总不能让孩子不识一个字，也和自己一样在山里像野人一样生活，于是他们逐渐搬下山来，到了平坦的地方，到了人们群居的地方。

我们村就是在三五年里逐渐接收山上的散户而形成的，后来有了学校，有了学校就意味着被政府认可，于是人们开始像本地人一样生活安定下来，上户口分田地，他们终于成为村民了。我曾经到过爷爷奶奶住过的山庄，感觉那里太原始了，怪不得有长辈说在山里孩子被狼叼走是常有的事，太荒凉了。

就在这荒凉闭塞之地，您成长到十八岁去当了兵，开始了您人生的转折。

父亲，您离开我们已经十几年，在这漫长又短暂的岁月里，生活发生了很大变化，我们身处其中亲身感受着翻天覆地的变化。现在我和您一起回忆，变化是不是触目惊心？吃穿住行，所有生活方式都发生着改变。

倘若您在世一定也离开了村庄，和母亲一起到城里来生活了，而且您也会适应新环境，适应这个社会，这就是生活！

往后的路怎么走还真说不准，一定会越来越好。

我们的村还在，但已经不是曾经的村了。

回忆是快乐的，生活是美好的，个人的力量是阻挡不了社会发展的车轮的。

您熟悉的生活都已成为过去，接下来我还要给您讲完全陌生的生活，比如手机，电脑，互联网等，也许会令您惊讶，也许会使您不能理解，但这就是我们当下的生活。

今天就说到这儿吧，已是深夜，周围一片寂静，只有我内心翻江倒海，思绪万千。

父亲，晚安。

2016 年 7 月 2 日

年　味

“年”有很多传说，有说“年”是冬日雪地出来觅食的怪兽，是陆地兽，是海底兽，是太古兽，无论哪种传说，这个“年兽”都是凶残吃人的不祥之物。也有说“年”就是一年四季过后，忙碌的先民收获了粮食，收获了喜悦，终于可以休养庆祝了。太阳东升西落，是一天，春夏秋冬是一年，无论一天还是一年都在循环往复，日子重复着过，没有高潮，没有转折，人会“疯”掉，于是“年”就自然而然地产生了。在一个特定的时间，被约定俗成，被翘首期盼，被传承至今。被一个“年”牵引着回家，回家看看是孝，回家聚聚是情，亲人聚在一起，就有了无限的激情，吃最好的饭，喝最多的酒，说最多的话，还不尽兴，就载歌载舞，“闹”“扭”“唱”，把所有的快乐都发泄出来，让希望之火燎原起来，然后精神抖擞进入下一年的生活秩序。

一年又一年，社会翻天覆地的变化，“年”依然年年过，但“年味”却变淡，总使人想起小时候，那才是真正的“年”，从味觉到嗅觉，从视觉到听觉，“年味”是陈年的老酒，越久越醇。

那时的“年”，是从“忙”开始的。

这个“忙”体现在女人身上。北方的季节变化快。秋季在人们的抢收中一晃而过，还没有把粮食贮藏好，雪花就纷纷扬扬地飘来了，大地被皑皑白雪覆盖开始为下一年养精蓄锐闭目休养，忙碌了三个季节的人们也可以躲在温暖的家里休整了。

人们享受着将近两个月的休闲时光。进入腊月，当男人们还迷恋着打牌喝茶的时候，女人们就开始为一家老小的衣服劳作了，三三两两坐在炕上，东家长西家短，悄悄话荤段子笑声不断，但手里从不闲着。那时孩子多，家里穷，大人可以不穿新，小孩是要换新衣的，因此女人们一双双巧手在针线间穿梭。每年腊月，再愚笨的女人也在算计日子，她们精打细算不浪费每一天，准备过年的米面，白面、玉米面、豆面、软米面，村里的石磨石碾是一天也不得歇，每天天不明就能听到哒哒哒驴推磨了。

真正的“忙”是从腊月二十三开始的。

腊月二十三，灶王爷爷上了天。

这一天也是农历的小年，要吃饺子，还要吃糖瓜。更隆重的是祭灶，源于古人拜火的习俗。《释名》：“灶，造也，创食物也。”灶神的职责就是执掌灶火，管理饮食，后来扩大为考察人间善恶，以降福祸。灶神是和群众生活最接近的神，灶神的观念，从先秦时就已经出现，传说在腊月二十三（一说是腊月二十四）灶神要离开人间到玉皇大帝那里奏报民情。因此男人们就要用美酒佳肴款待灶神，希望他上天言好事，下地降吉祥。还要供上糖瓜，取其又甜又粘的特点，当他尝到糖瓜的甜味时，就会多说好话，当他想打小报告说坏话时，就让糖瓜粘住他的嘴。祭灶仪式一般是在晚上，跪在灶王爷的像前，怀里抱着一只大公鸡，相传公鸡是灶王爷上天的坐骑，故鸡不称为鸡，而称马。若是红公鸡就叫红马，若是白公鸡就叫白马。祭灶人口里念念有词，然后把祭祀用的酒浇在鸡头上，若鸡头抖动发出声响，说明灶王爷已经领情，若鸡头纹丝不动，还要再拜再浇酒。祭灶完毕时把旧的灶神画或对联取下烧掉。灶神画是一位眉目清秀的美少年，因此在祭灶时有“男不拜月，女不拜灶”的说法，以示男女授受不亲。旧时灶王爷像上还印着一年的日历，上书“东厨司命主”“人间监察神”等文字表明灶神的地位，两旁还要贴上“上天言好事，下界保平安”的对联，以保佑全家老小的平安。现在社会进步，市场上灶王爷的画像几乎绝迹，灶王爷的传说也只能听老辈人的口述相传了，手里拿着手机电脑的孩子对于这些都是不屑一顾的。腊月二十三没有了祭灶的仪式，也不一定吃饺子，只是偶尔回想起，哦，已经二十三了。

大扫除

小时候，每年一次的扫房子，那可真是一场浩大的工程。早晨要比往日起得早，因为扫房子一般会忙碌一整天。女主人早早把饭做好，然后锅里还要烧一锅开水，天寒地冻，在清扫完毕后擦玻璃擦家具都要用热水。

孩子们很不情愿地离开暖和的被窝，不用叠被子，所有的铺盖都会被清理出房间，晾晒到院子里的晾衣绳上。然后坐在炕上三下五除二快速吃饭。接下来要把所有能搬能挪的桌子板凳锅碗瓢盆等全部倒腾到屋外，平时看着没有多少东西，但真正大件小件一样一样往外搬，东西就显得零碎庞杂了，大人负责搬运大件，孩子们一溜小跑往外拿小件，就这样的搬运需要一两个小时。然后就没有孩子们的事了，男女主人头上蒙上一块毛巾，手里拿着扫把，像扫大街一样挥舞着上上下下开扫。荡起的灰尘从敞开的门道涌出，像冒烟一样。那时家里的墙都是用白灰粉刷的土墙，白灰就像飞扬的白面，飘满屋子。男女主人憋着气，实在憋不住跑出去大口喘气，一个一个灰头土脸俨然是土人，尤其是鼻孔里两道明显可见的灰尘，样子甚是好笑。在用完扫把打扫后，等待尘土落定，再用鸡毛掸子清理细灰，这时已经不会狼烟四起了。

从犄角旮旯清扫出来的东西可真不少，小孩子就像寻宝一样突然发现丢失很久的玻璃蛋蛋，还有不知挨了老师多少打丢了的书、笔、橡皮等等。女人们也不住地在垃圾里翻腾，一边翻一边自言自语，有时候还要训斥孩子：看看，这不是你丢的——？当时还埋怨别人！——这不是——？平日里丢失的东西突然都冒了出来。

等用鸡毛掸子细细地再一次清扫后，孩子们又有了任务。每人拿一块抹布，女主人已经把锅里热气腾腾的水舀到脸盆了，把抹布洗干净，开始擦玻璃、擦家具，所有能擦拭的地方都要细细擦。

脏水换了一盆又一盆，热水变成了凉水，小手冻得红红的，而且生疼。每一年打扫洗涮，因为要进进出出，每个人的手都冻得像胡萝卜一样，有时候还会开裂口子，流出鲜血，生疼！

日落三竿，大扫除基本结束，又开始了蚂蚁搬家，把将近两个小时搬出来的东西一件件搬回去。往外搬时东西多，往回搬时就要精减了，没有用处的、破的、烂的，女主人在审查后通通扔掉。有时候，为了迎接新年，在往里搬家具时，还要重新摆放，就为了有个新鲜感。每年大扫除是一次真正的大清理，中午饭基本就是吃点简单干粮，因为乱糟糟的屋子里已经不能开灶，还有搬出去做饭用的东西也很难找到。当大扫除结束时，水缸里的水基本用完了，男人们去挑水，女人们总算松了一口气，开始烧火做饭，忙碌且饿了一天，孩子们早就开始叫唤了。

这时的家空荡荡亮堂堂似乎有点清冷，远不像以前满当当的拥挤着感到暖和。每年的大扫除就是一次断舍离，清除灰尘，清理杂物，该扔的扔，该舍的舍，一时间窗明几净，轻装上阵清清爽爽过大年了。

做豆腐

豆腐，是村里人过年必备的主要食品之一。旧时在农村，只有自己亲自做豆腐才能吃上，因此一年也只有在过年的时候才能吃上豆腐，现在的人会感到匪夷所思，一块平常的豆腐怎么会一年才能吃到？小时候物质匮乏，自给自足的乡村生活，一切都得靠双手劳作得来。

做豆腐，首先要用石磨把豆子破开，然后放置在水桶里，用水泡一晚。第二天凌晨，天还不亮就到生产队牵驴。那时还是集体经济，生产队的驴轮流给每家每户使用，但要提前排队。看驴的老张早早就起来了，他已经给驴上了足足的料，他爱护这些一天复一天，蒙着眼睛转圈圈的驴，每次无论谁来牵驴，他都要安顿，先让驴打打滚儿，解解乏！在生产队到村里的一小段路上，有一个专门给驴打滚儿的地方，驴也有记性，一到这个地方，不用示意，它就开始打滚。据说打滚儿是为了活络筋骨，解除疲劳的。为了进一步求证驴打滚的含义，上百度查了一下，头条说的竟然是北京的传统小吃豆面糕，还有就是台湾林海音写的《城南旧事》里的《驴打滚儿》，再者就是高利贷驴打滚，竟然找不到一条关于它本意的，那我就只能按照小时候老张的吩咐去理解了。老张的吩咐更符合实际，是最原始的解释，是一辈辈传承下来的，也是一辈辈总结下来，舒筋活络，解除疲劳，蒙眼走了一天的驴，是不是会晕头转向，我不得而知，但所有的人都会在使用前和后在指定地点让它打滚。

牵着驴来到露天的磨场，全村有三个磨场，磨场的地面被驴和人踩踏得瓷实发亮。先给驴蒙上眼，然后吆喝着驾进去，有一套完备的拉磨设备，都是调配好的。驴很听话，能听懂人话，虽然蒙着眼睛，但在主人的牵引吆喝下，很温顺很小心地向前或向后试探着，直到被驾进磨杆，有的驴还真是急性子，不等主人下指令，一进入模式就开始往前走，直到听到主人训斥：急啥，还怕没你走的？才停下来。主人套好驴，然后把一盆盛满泡好的豆瓣放置在石磨上，然后放开缰绳，喊着："驾！"驴早等不及了，迈开步子哒哒哒地开始转圈——转圈。

人站在一边，一圈往磨眼里加一勺子豆瓣。一圈圈散发着豆香的白色带青、带黄的糊状物流了出来。

一般每家腊月都要做两桶豆瓣的豆腐。石磨转着，灰驴走着，天还朦胧着没有醒。谁家做豆腐都要早起，因为磨豆腐是很费时间的事，有时候一遍磨不碎，还要再来一遍。少说也得将近两个多小时才能磨好。孩子们个头小，够不着磨盘，添加豆瓣就是女人的事了。男人驾好驴安顿好之后，就回家了，开始准备做豆腐的大锅。那时家家户户都有一口丈二大锅。这口大锅的用处很多，除了腊月做豆腐，蒸馒头外。五月端午煮粽子，还有就是每隔三五天就得给猪熬猪食。把大锅清洗干净，掐算着磨豆腐的时间，当满当当白色的豆面糊拿回来，倒到大锅里，就开始猛劲往灶膛里加柴，旺火烧。

豆浆容易往外溢，而且溢的时候很迅猛，稍不注意就翻江倒海，弄得满锅台都是。因此估计时间差不多时，大人们一刻也不敢离开，时刻关注着。孩子把火烧得旺旺的，豆浆烧开，父亲用仡佬点一下，稀稀的豆浆瞬间结晶成块状，成为孩子们期盼已久的豆腐脑，第一时间吃到味道香醇的豆腐脑是孩子们积极烧火的动力之一。把豆腐脑小心挖到碗里，蘸着自己家做的陈年韭菜花，味道独特，美味极了。吃豆腐脑是一件幸福的事，孩子，大人都要津津有味地来一碗，毕竟一年只有一次。

吃过豆腐脑，就进入下一道工序。

先把锅里的豆腐脑全部舀进水桶里，然后在锅上架起锅床，用瓢把豆腐脑舀进专门用于过滤的纱布做的布袋里。男人们高高地蹲在锅台上，用尽全身力气揉搓着布袋，把水汁都挤出去。然后把过滤了水分的豆腐脑放置在一块很大的白布做的方形的包袱里，四角折叠起来，放在大锅里，大锅的锅壁正好起到收拢作用，然后在上面压一块木板，再压一块大石头。等把多余的水分沥出，石头把豆腐压制瓷实，洁白整齐的豆腐做好了。

大人们完成了一项浩大的工程，急慌慌回屋泡一壶浓浓的大叶茶，经过几个小时的忙碌终于可以坐下来喘喘气了。

孩子们是单纯的，吃完豆腐脑就没有念想了，撒在院子里玩耍，或在家里的大炕上撒欢，像驴一样打滚儿，因为没有大人的监管，他们自由得忘乎所以。

蒸花馍

蒸花馍这是女人的事。根据经验，前一天就要和面发面，一个大盆不够就来两个，把盆放在热乎乎的炕头，还要盖上厚厚的被子。女人们第二天早起第一件事就是掀开被子看看面发好没有。如果面团揉好切开，蜂窝般的小眼均匀有序就说明面发好了。把像小床一样的大案板搬到炕上，女人站在地上使出浑身力气继续揉面。洗好的红枣摆上来，还有红豆黑豆少许备用，当然还要有清洗得亮闪闪的硬币。

过年的花馍大有讲究，每年蒸花馍，女人们都要请一个蒸馍好手过来帮忙，一块块面团在女人们的巧手下，变成了金山、银山、枣山，还有桃、榴、佛手、凤凰、牡丹、金鱼、荷花、十二生肖等有吉祥如意、荣华富贵、年年有余、五谷丰登、多寿多福的寓意。女人们用各种工具摆弄着、端详着、讨论着、欣赏着。女孩子天生对这些感兴趣，围坐在案边目不转睛地看着，大多时候母亲会撕下一块面扔给孩子，让她学着大人的模样揉捏，有时候母亲还会很有耐心地教一教。有形有状的花馍胎做好后，锅里的水也烧开了，小心放到蒸笼里，大块的木柴添进炉灶，蒸馍要用旺火。男人们在院子里用斧子噼噼啪啪地劈柴，像小山一样的柴垛码得整整齐齐，腊月里是最费柴火的时候，各种煮、炸、蒸都需要大火旺火。

大约二十分钟，锅盖揭开，一股热气充满整个屋子，北方的冬季天寒地冻，屋子严严实实，不透气，这一屋子的热气冲撞到家具上、窗玻璃上、孩子的红脸蛋上。一锅形态各异、栩栩如生，胖乎乎白生生的花馍出锅了，满屋的麦香飘溢，孩子们围拢过来，母亲喜气洋洋地分散给孩子尝鲜。当然也有失败的时候，碱面放不合适，蒸出来的花馍有时候是黄梨蛋，有时候爆花开裂的厉害，看不出花馍的真实模样。女人们也不气馁，继续研究，继续试验，直到最后蒸出最满意的花馍，因为这些馍不仅有好的寓意，是艺术品，是女人的精巧，还有一个重要的作用就是用于祭祀。过年了，家家都要把祖宗请回来，摆上枣山花馍和荤素菜品，以及水果等供奉，年三十请回来，初五送走，意味着和老祖宗一起过年。

杀鸡宰猪

这是男人的事。小时候，村里都是自给自足，每家要想吃上丰盛的饭菜，全凭自己勤劳有计划。一年一口猪喂得肥肥壮壮，几只大公鸡也羽毛鲜亮个头高大，这都是一冬天用玉米粮食补贴的结果，都是为了过年储备享用。村里总有一两个能下得了手的屠夫，家家户户排着队请他们给杀猪，杀猪者可以得到两斤猪肉作为酬劳。几个男人把一头猪牢牢摁在地上，屠夫手拿明晃晃的刀一下捅进猪脖子，一股鲜血喷涌而出，真可谓白刀子进红刀子出，当红刀子冒着热气拔出时，猪还在进行最后的哼哼。杀猪的场面很血腥，女人孩子都远远地观望，有时候被杀的猪拼命挣扎，流着血还能跑起来，经常会惊吓到所有人，男人们吆三喝四地手忙脚乱地再次把猪摁倒，脖子继续喷血，猪逐渐蹬直了腿，也不再哼哼。然后男人一起用力把猪抬到烧开的大锅上，开始用滚烫的水浇，然后煺毛，开肠扒肚。屠夫很有经验地把猪肚子里的一样样零件取出来摆在盆子里。杀猪的中午一定是白菜粉条炖猪肉，大块的猪肉香气扑鼻。

杀鸡，就不用这样兴师动众了。早起把要杀的鸡拦在鸡窝，伸手拖出来，拿一把早已磨快的刀，少许用力在鸡脖子上来回抹几下，鸡脖子细长薄弱，真可谓杀鸡焉用宰牛刀，那么单薄的脖子估计使劲一扭也会扭断。怕血溅到人身上，一般抹两下后，随手往身后一扔，还没有断气的鸡，在空地上拼命舞蹈，像弹簧一样飞起跌落，跌落再起，孩子们在远处随着大公鸡的挣扎来回移动步子围观，公鸡在几个来回后一头栽倒。女人们围拢过来，趁着还有温度从鸡身上拔下那些最长、最美的羽毛。尤其是被公鸡引以为傲的脖子上、脊背上，那里的羽毛柔滑漂亮，色泽鲜艳。被拔下的羽毛会被做成鸡毛掸子，那些高傲的大公鸡，一生像闹钟一样准时打鸣，一生护佑母鸡觅食，被宰杀端上餐桌，羽毛还要完成一年灰尘的清扫。但公鸡一般是不受待见的，因为不下蛋。喂鸡时，经常会被女主人赶得远远的，只有到了年底才让它吃饱养膘，也意味着大限将至。

下锅子

豆腐做好了，鸡杀了，猪肉根据需要准备好了，这些食材都是为下锅子准备的。下锅子是过年最重要的一项工程。是男人女人合作完成的一件大事。女人准备各种食材，男人扎起围裙围在锅头开始一样一样地下锅油炸，不同食材需要不同的火候，这是一项技术活，尤其是红烧肉。红烧肉要用猪身上最好的五花肉，切成三寸左右四四方方的正方形，先在锅里煮，煮到八成熟，猪皮能插下筷子不出血的时候就可以了，不能生也不能太软。然后捞出来抹上蜂蜜上色，趁着热度放进油锅，因为有水分一下锅油花四溅，响声巨大，经常有人会被溅出的油烧到，因此烧肉时女人孩子都躲开。男人一手拿着锅盖，一手拿着铁铲子，像打仗一样一手盾牌一手长矛扭着身子，护着脸。

炸丸子、红烧肉、炸鸡块、炸豆腐、炸土豆红薯，小酥肉、油条等，各种平时很难吃到的油炸食品，在年底都会做，大人们想尽一切办法给孩子们过一个丰盛的年。孩子们自然是不会跑远的，因为那香味太有诱惑力了，不停地跑回来把嘴填满。每年下锅子都要炸出好多好多，足够一个正月待客食用，一年仅有的一次大开吃戒，各种美味都集中在过年这几天，也难怪孩子们盼星星盼月亮地盼过年。

贴对联挂灯笼

年三十贴对联挂灯笼。

对联是村里会写毛笔字的老王给写的，虽然不够艺术，但经过几十年写对联的历练，已经能龙飞凤舞。每年过了腊月二十五，老王家就开始撑起摊子写对联了，用他家的笔墨，来人只管带上折叠切割好的红纸即可。大红的对联每个房门都贴上，都是福寿发财等祝福和恭喜的话。猪圈鸡舍会贴上“六畜兴旺”，院子里的果树上会贴上“硕果累累”等。每年贴对联父亲都会借机考验我们，故意问我们哪句是上联，哪句是下联，一句一句地读着教导我们。各种形状的灯笼有自己动手做的，也有买来的，自己做的花样多，只要挂起来，映衬着大红的对联，原本冷清的小院一下红火热闹有了生气，家家户户喜气洋洋。

穿新衣。一年一度的穿新衣那是孩子们最期盼的。各种衣物在母亲一冬的辛勤劳作下已经准备好了。小时候穿的衣服都是母亲一针一线缝制的。每年进入冬季，晚上在我们都睡醒一觉了，还能看到母亲在煤油灯下纳鞋底。一家好几口人的鞋子、鞋垫、上衣、裤子，都需要母亲做。

白天晚上，加班加点。过年大人可以不穿新，孩子一定从头到脚，从里到外都要换上新的，看着孩子们一个个焕然一新，母亲笑了，所有辛苦都融化掉了。穿新衣过大年，寓意辞旧迎新。

新的一年在噼里啪啦的鞭炮声中开始了。

二月二龙抬头

今天是农历二月二，家乡有个习俗：二月二龙抬头，大人小孩剃喜头，谓之“剪龙头”，也就是说在这天剃头能带来一年的好运。流传于民间的传说，世代相传，既然存在就有它存在的合理性。总之，在这一天，家里的男人都要到理发店理发，其实从年前理发到二月二有将近一个月的时间，男人们的短发长长了，也该理了。理发之后清清爽爽，确实感受到了节令变化带来的轻快，神清气爽，好运就在前方。

这个季节，到河边走走，已经有冒失的小草探出了头，也正是这些小冒失给心情带来了愉悦。春风微微吹来，河边的垂柳轻轻摇摆，摇着摆着嫩黄的柳芽就被引逗出来。河里的鸟不知什么时候多了起来，有高傲的黑鹳，红的嘴，红的大长腿，格外显眼。有雪白的白鹭，长长的脖子，高大的身躯，白鹭和灰色的苍鹭是河里大鸟，用翩翩起舞形容它们最为合适，或在水里觅食，或展翅低飞，与水里的倒影相映成趣。还有胖乎乎的赤麻鸭，成双成对地在浅浅的水域觅食，比起庞大好动的白鹭苍鹭，它们比较安静，而且夫妻相随形影不离地在水里游，或蹲在泥潭上休息。偶尔看见有一只孤孤单单地卧在草地上，周围没有另一只，说明它已经失去了另一半，孤独生活将伴随终生。想想，这鸟和人类有什么区别呢？相爱相伴不离不弃，失去一只，另一只就要孤独地度过后半生。我不知道其他同伴会不会照顾它，也不知道它会不会去求助，只是我将近一个月的观察结果是，它始终独自觅食、静卧、睡觉，其他成双成对的鸭子就在不远处。在这条河上，冬天偶尔会有过路的白天鹅光临，它们一般进行短暂停留，有时半天，有时一天就会飞走。它们从西伯利亚长途跋涉而来，要到距离我们这里四百多公里外的三峡，那里才是目的地。说也奇怪，不知道它们掌握有怎样的飞行迁徙密码，每年一代代从遥远地方飞来，而且不会错过时间，不会迷失方向，即使有熟悉路线的年长者带路，在高达几千米的高空，它们如何确定航线，如何经过数日数月的飞行，年复一年地来到这片熟悉的地方。大自然真神奇。

二月二，是个特殊的日子，在民间又称为“春耕节”“农事节”“春龙节”。春回大地，要开始农忙了，这是一个重要的时间节点。“龙抬头”首先要从“龙星”说起。中国大部分国土位于北半球中纬度地区，仰望星空，人们会发现以北极为轴，天旋地转，为了便于观测，先人把二十八宿分成四份，按方位名之为“东宫苍龙”“西宫白虎”“北宫玄武”“南宫朱雀”，与北斗“拴系”，与北极对应。龙星即东宫苍龙，由角、亢、氐、房、心、尾、箕七个星宿组成，龙抬头就是角宿升起地平线，此后龙星诸宿渐次升起。龙星的运行位置向人们提示着春生、夏长、秋收、冬藏。春天农耕开始，龙星从东方“抬头”，夏天作物生长，龙星舒展于南方夜空；秋天庄稼收获，龙星于西方坠落；冬天万物闭藏，龙星潜伏于地平线下；循环往复，四季轮回。可以看出二月二，龙抬头，事关农业生产，事关生命延续。

当然关于“二月二，龙抬头”有很多禁忌，比如忌针线，妇女在这一天不能动针线，苍龙仰望，怕针刺龙眼；照房梁，妇女起床后提着灯笼照房梁，边照边念“二月二，照房梁，蝎子蜈蚣无处藏”；忌洗衣，怕伤了龙皮等。总之流传在民间的故事和禁忌，是老祖宗给我们留下的精神财富，也许流传到现在好多年青一代已经不再遵循，但这事关祖训，事关念想，是我们生活的一道彩虹，扮靓着平淡的生活。

说起“二月二”，我就想起我的二姐，她的生日就在这天。奶奶活着的时候经常说，要是属龙的生在二月二就更好了，但俺娃虽不属龙，生在“龙抬头”的日子一定也有福气。二姐生性勤快好动。记得上学时，她的心思不放在学习上，经常想的是哪块地有野菜，可以挖来喂猪，哪座山上的青翘成熟了能上山搞山货了等等。而且每当到了山上，她就像放飞的小鸟，机灵乖巧能干。记得那年母亲怀着弟弟行动不便，我们就跟着房后的大娘上山，因为我们小，跟着大人去母亲才放心。大娘喜欢带着二姐和我上山，经常赞扬说：就像小野鸡一样，一转眼就钻得找不见。我和二姐上山挖药材摘青翘，吃着母亲给带的烙饼黄瓜，听着大娘的赞美，干劲十足，每次都满载而归，成为母亲的骄傲。

二姐喜欢山，经常往山上跑，我们出嫁到县城后，每到秋天回娘家，山上长出了蘑菇，二姐总会在我们午休的时候拿上篮子上山采蘑菇。老公也爱凑热闹，跟着二姐上山。每次同一座山，出去的时间一样长，二姐的篮子总是满满的，老公半篮子还不到，有时还是二姐接济分给一些。回来后我笑着说：怎么差别这么大！老公笑着说：那蘑菇就像专门给二姐长的，都在二姐走的路上等着！大家一笑了之。

直到现在，二姐已经五十多岁了，但每到开春以后，我就会陆续收到二姐送来的野菜，比如蒲公英、苦苣菜、栾芽、洋槐花、梨花等。二姐到山上或到野地里采摘回来收拾干净后送给我。我也跟着去采过一次洋槐花，高高在上的树枝，飘来荡去，香味扑鼻，极具诱惑，却只能望花兴叹，无从下手。能干的二姐总会想出办法来，槐树大多有刺，一不小心就扎了手。二姐依然像孩子一样敏捷，出手不凡，把容易采摘的留给我，自己带路再去寻找。野菜，在以前日子困难时，是维持生命的食粮，现在日子过得丰盛，鸡鸭鱼肉也味同嚼蜡，野菜又逐渐端上了饭桌，而且不仅因为味美，更有药理调养的功效。

我吃着这些野菜，当然不能忘记采摘人。

一个人的秉性，也许一辈子都改不了，二姐喜欢大山，她总说：山有魔性，每到开春，就在召唤她。我说：奇怪，大山咋不召唤我呢？二姐笑而不语，母亲也笑着说我：你就知道吃现成的。我心满意足，有二姐就有我的美食。在我每次到门房取菜时，门房的大爷总是笑眯眯地说：你姐姐吧，你姐对你真亲！是真亲，她一直这样。

记忆中的农家小院

记忆中的农家小院，有太多故事，像奶奶年轻时的头发一样茂密。

高高的柴草垛

记忆里的农家小院，浓浓的柴草味儿。

背靠大山，山上浩浩荡荡全是油松，这绿色的屏障，给依山傍水的村里人提供了无穷的资源，尤其是作为燃料，是家家户户烧火做饭取暖的必备。干透了的松针，依然带着油性，在灶膛里噼噼啪啪地响，激烈异常，犹如过年院子里点燃的火鞭，只是灶膛空间狭窄，声音湮没在黝黑的锅底下，不能放肆。那时煤炭少，产地偏远，面朝黄土背朝天的乡亲们养家糊口已是很困难，哪有钱买炭？砍柴、烧柴是人们生活的必需。

因此，高高的柴垛，成为小院里的一处风景，家家户户的院子里都垛着整整齐齐的松树枝，那是勤劳的乡亲们在农闲的冬季从村前村后的山上一捆捆背回来的。这些油松枝刚砍回来时一身幽绿，砍伐的断面冒着浓浓的油脂味儿，被整齐地码在院子的一角。它是男人养家的堡垒，是女人脸上浓浓的笑意，也是孩子们躲猫猫捉迷藏的掩体。北方的冬季，西北风刺骨，那些松柴离了母枝，断了营养，没了庇护，不几天就被风干了，幽绿的颜色吸收太阳的光芒后变成红褐色。

小时候我家虽然孩子多，但弟弟们年幼，父亲在外地上班，家里缺少劳力，我们姊妹三人只要是星期天不上学，就一定会拿起扁担和斧头上山砍柴。别人家都是男人们上山，我们三个小丫头就成为左邻右舍褒奖的对象，听着大人们的表扬，我们上山砍柴的劲头更足了，虽然很辛苦，但充满乐趣。小小的个子，小小的力气，要把一捆捆沉重的松柴背回家，不是一件简单事。刚从树上砍下的松枝很湿重，是不能直接背在背上的，一是松针扎人，二是松脂粘在身上洗不掉。那时一件衣服是多么金贵呀，一件衣服姐妹轮流穿，破了，缝了又缝，补了又补。因为个头小，我们想出了不拼力气的小技巧。在山上把砍好的柴结结实实地捆起来，留出一个绳头，拖着走到半山腰，实在拖不动，就选好地形，使劲一推，松柴顺着山坡磕磕绊绊滚下去，一直滚到山下的河滩上。跳过青龙河，大约不到 100 米的地方就是家。有时母亲会带着幼小的弟弟在山下等着，松柴滚下，等我们蹦蹦跳跳大汗淋漓地跑下山来，母亲就会扛起重重的松柴，大步流星地往家走，我们领着刚会走路的弟弟，欢天喜地跟着回家了。记忆里劳动总是快乐的，尤其是这种有价值的劳动。

就这样，我家虽没有劳力，但院子也会堆砌起一座高高的柴垛，看着日渐加长增高的柴垛，我们甭提有多高兴，再加上邻居大叔大婶们的那句“看人家仨闺女——”，我们心里乐开了花儿，母亲的脸上也满是幸福。

爱花的女人都爱美

记忆中的农家小院，家家户户都有一个小花圃。

哪家的花儿开得艳，哪家就有一个爱美的巧媳妇。

每到春末夏至，各种颜色的花儿竞相开放，虽然不是什么名贵的品种，但盛开以后，满院花香，满院生气。村里的女人们爱美，尤其喜爱醒目的颜色，大朵大朵的花。一种叫作“家牡丹”的花，是她们的最爱，是每家每户都必须拥有的品种。这种花，盛开时花盘大，颜色热烈，有品红、大红、粉红，还有明黄、深紫等颜色，花开的时间长，绚丽夺目，每当此花盛开，女人们往往一扫脸上的忧愁，欢天喜地，连走路的姿态也摇曳轻快了。

小院有孩子的打闹，有鲜艳花朵的绽放，立马就生机勃勃了。

庭院里的花不可缺少的还有“指甲花”。指甲花也有不同的颜色，但大红色和粉红色是大家喜欢种植的。指甲花一开，村里爱美的小媳妇、小闺女就开始忙碌了。她们在结束一天的洗锅刷碗后，把花朵小心摘下，捣成糊状，加一点点儿明矾，涂在指甲上，然后摘几片豆角叶，严严实实地包好，用细细的线一圈圈扎紧。我现在都能回忆起指甲花汁液的味道，有一种青青涩涩的草香味，包好后她们就支棱着两只手，安心睡去。早晨起来，把豆叶帽轻轻一脱，指甲就变得红艳艳的了，这红红的指甲足够女人们美丽一个夏天。

农家小院，家家有一个不大的花池，为了保护娇嫩的小花不被鸡鸭小狗踩踏糟蹋，就用玉茭秆整整齐齐地围起来。女人们再忙碌也忘不了每天浇水侍弄，直到满院花开，香气扑鼻，连不修边幅沉默寡言的男人也被这鲜艳的花儿吸引着在花池边看了又看。这个季节，女人们你来我往，互相评判，互授经验，你说：给我留下种子，明年我要种！她说：给我挪一棵吧，太好看了！女人互相赠送，花的种子撒在院子里，也撒在每一个爱美女人的笑脸上。

就是这样的农家小院，朴实却不失生气。勤劳创造着美丽，只一枝妖娆就装扮了单调的生活，小院的生气在芬芳中荡漾，男人和女人就这样热气腾腾地生活着。

夜的黑

儿时的夜是真黑，黑得伸手不见五指。

村里已经有了电灯，不过清贫节俭的人们15瓦的灯泡都舍不得开。省电的唯一办法就是早做饭早吃饭。饭后坐在院子里黑灯瞎火拉家常。村里的街巷更是黑乎乎没有一盏灯，晚上有人出门闲逛或办事，都是凭借记忆深一脚浅一脚地摸索。

那时的夜真黑，天上的星星真亮，如果到了满月就更明亮如昼了，孩子们在月亮底下撒欢，跑累了才在父母的催促中回屋睡觉。

村里人很闲。只要不去地里忙庄稼的事，就有大把的空闲，也很自由，散漫的不知道怎么打发时间，走路慢慢腾腾，不急不慌，互相见面后东家长西家短说个没完，没有主题和重点。

但庄稼人又很忙。小时候，记忆里女人们已经不用挑灯夜战纳鞋底了，各种穿戴都能在市面上很方便地买到，市场的开放搞活从另一个角度说是解放了妇女，造福了妇女。但过光景，一家人的吃吃喝喝穿穿戴戴，春播秋收，养着一院子的鸡鸭狗猪牛，个个都嗷嗷待吃上蹿下跳。女人们为了这些琐碎事忙得像停不下来的陀螺，走路都带着风小跑呢。

晚饭后坐在一起拉闲话才是农村人最悠闲惬意的时光。

人们早早吃过晚饭，就坐在门前的台阶上或院里的磨盘上东拉西扯，想到什么说什么，不外乎就是家里的事，庄稼地里的事，孩子的事，村里某某某的事。

节俭的人们即使在院里，屋里的灯也会随手关掉。黑乎乎的夜，只有星星眨着诡异的眼，那时候的星星显得非常近，特别亮。大一点的孩子回屋睡了，小的在散养奔跑了一天后，失去了白天的活泼，软塌塌地依偎在母亲的怀里进入了梦乡。大人们就这样黑坐着，留恋着这悠闲的时光。大家用不着看对方的表情，黑暗中只顺着熟悉的话往下接，不时还会爆发出爽朗的笑。男人们的嘴总是闲不下来，抽烟也是一根接一根，一明一灭的烟火在黑暗中画着弧线。

现在的人们，条件好了，生活富足了，人们似乎忘记了随手关灯的好习惯。小区里的路灯通宵达旦，一夜不灭，使得房间里即便关掉所有的灯，也不会黑到伸手不见五指的地步。黑夜不黑，白天和黑夜的界限不再清晰，夜失去了真正的沉静和安宁。

很想念儿时无边的黑夜，那安静的黑是沉睡的黑，是深邃的黑，是人们可以放心安睡的黑。

宋朝时，人们把睡眠叫“黑甜”，入梦就是“赴黑甜”，又黑又甜才是好觉。在那无穷尽的黑夜，唯有沉睡，踏踏实实地睡，才与寂静相和谐。

儿时的夜，黑得让人惬意陶醉。如今这被偷走的黑哪里去了？

记忆里的农家小院，就这样牵连着回忆和乡愁。纯朴的生活，纯朴的思想，踏踏实实地活着，实实在在地生活。

野花香

我时常惊喜于荒凉山上的一抹红，那是报春的山桃花艳艳地开在山腰，也开在我的心里。

我时常为简陋的农家小院里的小小花圃吸引，还有偶尔透过小块的玻璃窗看到的鲜艳的花。

每当看到这些花，我就想见见这家的女主人，脑海里早把她美化了，不为其他，单从她爱花的行为，就断定她是一个爱生活爱美的女人。

也总使我想起童年，那伴随着我长大的农家小院，每家每户的女人都爱花。她们互相谈论互相交流的很大一部分话题就是如何养花。院子里都有一个精心设计的花圃，花圃用一尺多高的杨树枝或者玉米秆整整齐齐地围起来，因为院子里有成群的鸡鸭，尤其是那些老母鸡，总爱刨来刨去，还爱吃各种嫩芽，花苗长出刚露头就吸引了她黑溜溜儿的眼睛，也诱惑了她的胃，冒着被女主人怒骂追打的危险，先饱了口福不管其他。小院里，鲜花的品种就那么几种，仅绚丽“家牡丹”，就有大红、粉红、橘红、明黄、深紫等花色，有的女人追求完美，各种花色都培育，满满一个小小花圃，家牡丹灿烂地盛开，整个院子都明亮起来。这时的女主人早把鸡飞狗跳的忙乱生活丢在一边，进进出出哼着小调，有事没事蹲在花圃前对着花儿笑。还有就是指甲花，这是给自己和女儿准备的花，这种花可以用来染指甲。每当花儿盛开，女人们就会挑选自己喜爱的颜色染指甲。在那个单调的年代，女人有一瓶搽脸的雪花膏已经很奢侈了，用指甲花把指甲染红也是很美的事。女孩子都会伸出手在浓烈的太阳光下显摆。还有就是香气扑鼻的刺梅花，颜色是浓艳的桃红，花瓣层层叠叠，香气浓烈，每当盛开整个小院都荡漾着香味，家的味道更浓了。进入农历九月就是各类菊花了。北方的冬天，寒风凛冽，粗大健壮的植物都抵御不了的寒冷，娇嫩的小花更受不了，大多凋零枯黄。于是爱美的女人就把鲜嫩的花移植到花盆里。一品红、玻璃翠、老来俏、仙客来等等，我没有去探讨这些花的真实学名，反而感觉村里女人给起的名字很形象很生动也很有品位。

说了这么多，都是在说家花，今天要说的主题是野花。早起，和爱人行走在临近沁河的滨河路上，这是一条晨练路，很多人或大步流星地走，或健步如飞地跑，也有三三两两一路走一路说笑的男人和女人。

偶然往路边树林草地里一瞥，突然被绿油油的蒿草里的那抹红吸引了，那么鲜亮，那么夺目！

我不禁惊讶地说：快看，真鲜艳！于是沿着一条仅一尺宽的小路走了下去。在这荒草里怎么会有这么艳丽的花。走近一看更神奇了，花色多样，有白的，红的，紫的，粉的，还有杂交之后两三种颜色混合的，在成片的绿色中非常明艳。而且这些花不像野花更像人工培育出来的，低矮的茎秆上顶着大朵的花。印象里野花大多花小色纯，而这些有些富丽的花，真不该盛开在荒野。我自言自语地说：应该挪回家里！爱人也被这些花儿惊艳到了，附和着说：可以！于是回家后准备了三个花盆，拿着铲子和铁锹、镢头，还带了一壶水。到了地里，爱人负责铲，我负责往盆里栽培，不同花色互相搭配。坐在树荫下的草地上，精心插花，突然有一种男耕女织的田园生活的感觉。太阳火辣辣的，爱人不一会儿就大汗淋漓，气喘吁吁，还不停地说：弯不下腰！三盆花很快就插满了，回头看看这片草地，花儿依然绚丽，好像根本没有发现自己的伙伴丢失一样。

我们两个顶着被太阳晒红的脸，回到小区，先在一楼的车库前停下，三盆花摆在门前，用水浇了个透湿。来来往往的人，尤其是女人都会停下来端详一番，或者问询从哪里弄来的这么好看的花，当听说是野花时，都会发出由衷的赞叹：野花美，野花香！

其实这些花，味道清淡，几乎闻不到花香，而被赞美，是女人脑海里的想象。

女人有与生俱来爱花的天性，爱美的天性，无论什么年代，无论市井乡野，爱着，就美着。

全家福

母亲珍藏着一本相册，相册里收集了她多年来的照片，其中多数是儿女们小时候的，还有就是不同时期的全家福，每当家人团聚，总要拿出相册，互相欣赏评论一番，看着孩子们兴高采烈地争论，母亲总是笑着说：以前和现在不能比啊，人不是越活越老，是越活越年轻！

第一张全家福——1971 年。当时我家五口人，照片上只有四个人，没有二姐。据母亲说，当时我只有八个月，还没有照过相，为了给小时候的我留个纪念，就拉着五岁的大姐，抱着我到离村子八里远的公社所在地照相，二姐因为只有两岁自己跑不动，母亲又抱不了，只好寄放在邻居家。公社每年六月赶庙会，只有这时候才会有照相的，也只有在这时候附近村庄的人才有机会给自己留个影，有的人一辈子也只拍一次照。照片上母亲很瘦，梳着两根长长的辫子一根搭在胸前，一根拖在后背，身上穿一件碎花布衫，脸清瘦秀气。父亲穿一件有点瘦小的灰色中山服，小平头，一脸冷峻。大姐站在他们身后，两手搭在父母的肩上，一脸稚气，梳着两根齐肩的小辫子。我留着短发，穿一件绣花罩衣，瞪着两只黑溜溜儿大眼睛盯着镜头。据母亲讲，大家穿的都是当时最好的衣服，因为几年不照相，对这次照相是非常重视的。其中我的罩衣是借邻居家的，父亲的中山服也是借穿拍照人的，因为那人的个子比父亲小，所以父亲穿的衣服看上去瘦小了许多。

第二张全家福——1986 年，大姐出嫁。相隔十五年后，家里增添了两个弟弟，再加上姐夫，照片上一共八个人。大姐穿着大红绣金花棉袄，头发烫着花，面带娇羞的笑容很漂亮。姐夫高高的个子，穿一件中山服，比较瘦。母亲穿一件棕红色的布衫套在棉衣外边，脸色红润，头发剪成了齐耳短发。父亲身上穿一件蓝色中山服。两个弟弟一左一右站在两边，都是小平头，学生装扮，一脸稚气。我和二姐也穿着红色的衣服。人虽然都清瘦单薄，但整个场面一片喜气。

第三张全家福——1993 年，我出嫁。照片上已经是十一人了，增加了大姐的女儿慧、二姐夫和他们的儿子鑫。我穿着红呢子套裙，外披粉红色披肩，盘着高高的头发，化妆师把我的脸抹得很白，眼影是蓝色的，口红很红，总之妆化得很浓。老公头发吹得整整齐齐，人瘦脸长，穿一件灰色西服，粉色衬衣，打着大红的领带。母亲比以前胖了，但穿着仍然是一件棉袄套衫。父亲已经退休，头发花白，人发福了，明显苍老了。大弟弟穿着蓝色西服，当时已经参加工作，看上去成熟了许多。二弟还在读书，穿一件格子衣服，懒散地站在一旁。

第四张全家福——1998 年，大弟结婚。照片上十四人，增加了大弟媳，二姐的女儿园和我的儿子程，却少了一个非常重要的人——父亲，他因病在年前离我们而去了。大弟结婚是 1998 年的正月初八，是父亲临终前定下的日子，距离父亲去世只有两个月的时间，为了兑现父亲的遗愿，虽然离他去的日子不久，但婚事如期举行。照片上所有人都一脸严肃，没有笑容，好像还没有从父亲去世的悲伤中走出来。

第五张全家福——2007 年春节大团圆。照片上十六人，增加了小弟媳和大弟弟的儿子灏。孩子们穿着鲜艳，都是大姑娘小伙子了，站在后面一排，充满朝气。母亲和大姐二姐两家坐在前排，我和两个弟弟三家按照顺序站在第二排。我们大都人到中年，是国家工作人员，大姐和大弟在金融系统工作，二姐家一直做生意，现在小有规模很红火兴隆。小弟两口子大学毕业在南方打工，生活的也不错。大家虽然不是老板富豪，但生活都还殷实。人的精神面貌也和以前大不一样，一个个面带红光，微露笑意，美满幸福溢于言表。照片上变化最大的是母亲，母亲虽然六十五岁了，染得乌黑烫着造型的头发，穿一件大红的羊绒毛衣，人看上去既年轻又精神。母亲搬到县城以后，思想不再保守，观念大变，以前推辞不敢穿的衣服，现在只要好看，都能接受。我们姐妹几个看到市面上时兴什么就买什么，都觉得老母亲该享福了。母亲人虽然老了，但穿着时尚了，和以前穿着单调，面容清瘦，满脸责任负担的人判若两人。

每年一张全家福，已经正式定为我们过春节的固定节目，大家都要求用全家福来保留生活的印迹，来记录生活的变化。全家福不仅是一个小家的发展变化，更是时代的变化和缩影。

雀跃心间

小时候，最喜欢的鸟是燕子，缘于语文课本上对燕子生动的描述，还有就是每到春天，小燕子陆续从南方飞来，口衔树枝草叶在家家户户的屋檐下筑窝住下，如果有人家没有小燕子光顾，主人还会郁闷焦急，淳朴的人们认为燕子到家会带来生机和好运。

小时候，不喜欢麻雀，源于麻雀的众多，到处都是飞来飞去的麻雀，更由于每到家里晾晒米面，母亲就会拿个小凳子让我坐在旁边看着，不能让麻雀来分享。当时姐姐们上学，弟弟还小，看守的任务就时时落在我头上。麻雀多，就会无孔不入地寻找吃食，又很机灵，只要小小的我坐在旁边，它们就会躲在树上探头探脑不下来，叽叽喳喳似乎在商量对策又似乎在咒骂我，但倘若我有片刻的离开，再回来时就首先会听到扑棱棱的逃跑声，有时还有母亲生气的喊叫声。小时候，粮食很金贵，从下种到秋收，再到囤积加工都很不容易，都是一粒粒亲手劳作才能得到，真可谓：粒粒皆辛苦。不像现在，人们拿钱就可以买到，不用起早贪黑，不用汗流浃背，因此就缺少了珍惜之心。

麻雀，灰褐色的羽毛，短短的身材，如握紧的拳头，黑色的嘴巴尖尖，有两只像黑豆一样的眼睛，在它的身上也只有这双眼睛最美，最具有活力。它们总是成群结队，很少见一只麻雀独来独往，它们也像人类一样是适宜群居的动物。小时候，麻雀多，屋檐下就是麻雀最好的安身之地，它们借助人类的劳动，在屋檐下遮风避雨，人们讨厌麻雀，麻雀却依恋着人类。秋天地里的庄稼成熟了，麻雀就忙活起来，它们三五十只甚至成百只，到高粱地和谷子地里争抢果实。农民们不能眼睁睁看着自己辛辛苦苦的劳动成果被抢夺，人与雀之间进行着一场争夺战。但农民们不可能时时驻守田间，麻雀却有无穷的时间等候，聪明的人们开始想办法以假乱真，他们用穿过的旧衣裳和草帽做成假人，衣衫飘飘，手里再扯一片大红或大绿的破布，迎风飘展，田间好像永远有人看守似的，成群的麻雀就只能远远地看着这美味大餐而缩在草丛和大树上，不敢轻举妄动。假如不是这些假人的照看，一块地的高粱和谷子，不用几天就会被这些小家伙吃个精光。这些小精灵，也着实让人伤透脑筋。

到了冬季，北方的冬天最迷人的是下雪，漫天雪花飞舞，厚厚的积雪覆盖在大地上，覆盖了所有裸露的土地，也断绝了麻雀的生路，于是这些麻雀就开始壮着胆子围着农家的院子，等待机会与鸡鸭猪狗等家养动物争食。也就在这个时候，没有电视、游戏等娱乐吸引的我们，自娱自乐发明了捉麻雀的法子。找一个用藤条编成的箩筐，圆形开口的，找一根带杈的树枝，用一根细细的绳子拴在树杈上，用树杈支起箩筐，然后在箩筐下撒一把黄灿灿的小米，捕捉麻雀的机关设定成功，于是悄悄躲在门后，手里拉着绳子的另一头，等待饥饿的小麻雀来吃米。捉麻雀是家乡每个男孩子都玩过的最具吸引力的事，女孩子要想参与，只能跑前跑后地做一些准备工作，比如拿箩筐，找绳子，撒米，但关键事项还是由那些自信的男孩子亲自动手的。我们憋着气躲在门后，从门缝里关注着。看！一只胆大的麻雀在树杈上观察了很久后，终于耐不住诱惑，扑棱着翅膀飞了下来，但它很警觉，没有一下进入箩筐，而是站在不远处东张西望，确认没有危险之后，才小心翼翼地一蹦一跳地走近，已经站在箩筐的边缘，它又开始犹豫，探出小脑袋观察着。这时，躲在门后的我们都屏声息气，不敢发出任何声音，生怕在这关键的时刻把麻雀惊扰了。那些散发着香味的米呀，终于把麻雀引诱进来，麻雀已经几天没有进食了，它顾不上许多，于是一步步走进去，开始忘我地啄食，但还是吃一口，抬头瞅一瞅，脚丫轻轻点地，随时准备撤退起飞。这个时候是不能着急拉绳的，如果拉绳，十有八九会扑空。只有耐心地等待，直到麻雀感觉没有任何危险，放心大胆地把身子沉下去，执着地吃的时候，迅速一拉绳子，树杈一歪，箩筐迅速扣下，麻雀困在箩筐里，扑棱着翅膀绝望地抵抗，但它幼小的身躯和力量，被箩筐牢牢地扣压在下边，已经没有逃脱的可能了。

扣住，只是捕捉的第一步，关键的第二步是如何能从箩筐里把惊慌失措的麻雀拿出来。

这时又是男孩子上场了，我们欢呼着从屋里奔到箩筐跟前，嬉笑着，欢呼着，把在附近吃米的老母鸡吓得跑得远远的。围着箩筐叽叽喳喳地研究着如何拿出麻雀，而不至于掀起箩筐让这个到手的小东西再次逃脱。于是找来一些破衣服和小板凳等，先把箩筐的四周围起来，然后，最有把握的男孩子小心翼翼地伸手到箩筐里，把吓得目瞪口呆的麻雀捉出来。

捉麻雀终于成功。捕捉麻雀是下雪天最有意思的活动，不仅需要技巧，更需要耐心。有时候，整整一个下午也捉不到一只，但有时会捉到两三只，有时候没有捉到麻雀，反而把家里喂养的老母鸡扣在箩筐下面。如果有鸡进入，它声嘶力竭的喊叫和扑棱，把箩筐顶得几乎翻转过来，经老母鸡的一番折腾，小麻雀会更警觉，会很久很久不敢轻举妄动。总之这些小麻雀是精明的，但精明抵挡不住饥饿。

记得有一次，我们捉住一只羽毛还不丰满的小麻雀，看着瑟瑟发抖的它，我顿觉可怜，强烈要求把这只小麻雀归我所有，其他人看看这只丑陋的麻雀，想都没想就答应了，我却像得到宝贝一样。小心把它握在手里，生怕弄疼它，握着它能明显感觉到它的恐惧，它不停地抖动着暖暖的身子，黑豆一样的眼睛里充满祈求和恐惧。

回到家，我缠着正在做饭的母亲立刻动手给麻雀扎笼子，母亲心灵手巧，不一会儿就用高粱秆扎成了一个一尺见方的既漂亮又结实的笼子。我找来一块纸板垫在笼子的底部，又找出父亲喝酒用的小酒盅盛上水，然后小心翼翼地把还在发抖的小麻雀放了进去。不知所措的小麻雀在新的住所，开始时一动不动，甚至眼睛都不眨巴，缩着脑袋团成一个毛茸茸的小球球。我却兴奋得不得了，一刻也舍不得离开，晚上母亲做好饭，我第一个先给小麻雀弄了一些，母亲一本正经地说：不用那么上心，养不活的！麻雀最难养，它离开族群和母亲，活不了多长时间。当时我很不理解，而且相信只要我用心呵护，小麻雀一定会健健康康地活下去的。晚上我把笼子拿到炕上，放在我的枕头边，炕是暖炕，小麻雀不会挨冻，离我这么近，小麻雀也不会害怕，把一切安顿好后，我才放心地睡着了。

第二天，天刚蒙蒙亮我就醒了，因为惦记小麻雀，我懒觉都不睡了，看着我趴在枕头上看麻雀，母亲笑着问：

小麻雀比娘还亲了？我笑笑没说话，眼睛盯着小麻雀，它的状况大有好转，已经不瑟瑟发抖了，还转着小脑袋打量着周围，只是喂食它的水和米原样没动，昨晚给它弄的饭也没有吃。于是我急忙起身穿衣服，起来的第一件事就是，给它换水，把原来的饭和米粒也一起换掉，新鲜的水和新的米粒就放在它的身旁，我还端着酒盅放到它的嘴边，但它仍然一动不动，也不躲闪，没办法我只能放下，想：也许它是害怕，等我不在时它就会吃的。因此吃过早饭，我就出去玩了，小时候对什么都感兴趣，和几个小伙伴在磨盘上玩过家家拌沙土，不知不觉就是一个上午，直到母亲出来寻我回家吃饭，依然意犹未尽。但母亲一句话点醒了我：你不看看你的小宝贝了！于是不顾母亲在后边嘱咐，我一口气跑回家，大喘着粗气来到笼子边，一看鸟笼，不禁“哇——”的一声大哭起来，把跟在后面回来的母亲吓了一跳，她急切地问：怎么了？怎么了？小麻雀已经歪在一边，眼睛闭着，它死了。母亲一看原来是因为这个就解释安慰我说：和你说过，养不活的，别哭了！但我忍不住哭了好长时间，母亲也不理我，直到我自己哭不动为止。后来我把这只小麻雀埋在屋后的李子树下。

从那以后，我再也没有捉过麻雀，我喜欢看它们叽叽喳喳地隐身在树上，或贼头贼脑地来抢食食物。后来有很长一段时间，不知道什么原因所有的麻雀一下不见了踪影，原来成群结队，现在一只都不见了，人们再不用防备它们抢食庄稼，但人们一直惦记着，不停地议论着——后来，又不知什么原因，这些小东西又成群结队地回来了，路边树上，田间庄稼地里，田野又有了生机，屋檐下又响起来叽叽喳喳的叫声，人们的心里也坦然了，这些小生灵，成为人们生活中不可缺少的邻居和朋友，也一直雀跃在我心间，不离不弃，不远不近——

冬日“大雪”土炕暖

北方的冬少不了雪，零星的雪花是不够的，干燥的人们期盼着大雪纷飞。

北方的冬少不了暖炕，在大雪封山的日子里，窝在暖意浓浓的土炕上，是童年孩子们最快乐的时光。

小雪封地，大雪封河。这是祖先总结的经验，这经验经过岁月的验证越来越夯实它的确定性。

今天，大雪。

天空没有飘雪，但气温骤降，透心凉的冷，西北风推着人们疾步回家。

北方的冬天异常寒冷，羽绒服、鹅绒服等御寒的衣物是北方人过冬必备，这时候我总想起小时候的冬天。

那时的冬季，比现在要冷，那是割耳朵的冷。

我没有被冻得割耳朵，而是在脸上冻起大疙瘩。那是一个寒冷冬日，邻村的一位本家大爷七十多岁，一直身体不好，冰天雪地更是老人过不去的坎儿。那年，也是大雪这个节令的前天晚上老人走了。当时父母都有事，就派我这个只有十岁的孩子跟着其他亲戚一块儿去祭奠。有出门的机会，已经顾不了天气的好坏。

早饭后，我跟随本家三哥出发了。他走在前面担着两个木头盒子，盒子里分别是五个碗做成的荤祭。做荤祭是村里每个婆姨必须掌握的一项技能，家里家外亲戚邻里过世，按照远近亲疏都要做荤祭。我们这些女孩子当然经常要做帮手，用的东西必须有猪肉、豆腐、粉条、鸡蛋、金针、海带等，就是有荤有素搭配。那时候做祭菜是一件很浩大的工程，一般会有亲戚或邻居过来帮忙。做祭的碗里都要衬底菜，先放一平碗白菜、萝卜等，然后在菜的上面放一层薄薄的荤菜，其实也就是点缀，但这个点缀却也得花心思。因为碗是圆的，底菜不能摊平，中间要像小山丘一样隆起，把猪肉、白豆腐、鸡蛋饼按照碗的大小尺寸切成三角形，然后严丝合缝地摆上去，再把染成红色的粉条和绿色的叶子撒在上面，飘着肉香顶着鲜艳头冠很是漂亮。

那天天气阴冷，十里的路程，我们几乎是一路小跑。跑得快的另一个重要原因是那天的风凛冽，西北风劈头盖脸，呼吸都很困难。赶到时已经接近中午，上坟、吃饭，几乎没有停歇。饭后稍稍休息就往回赶，冬天天短，有农谚说：大雪小雪，煮饭不息。就是说这个时节日短夜长，白天短的妇女几乎是连着在做三顿饭。

下午的风似乎比上午更猛。我们顶着大风又是一路小跑。我人小，步子小，快跑也很难跟上大步流星的三哥，三哥个子大，步子也大。我们回来时已经轻装上阵，盒子里只有咣咣响的碗，也不用担心打翻，因此三哥也是放开腿，晃悠着担子健步向前。还不时走走停停，等我，后来干脆拉起我的手，拖着我飞跑起来。

那是顶着风跑啊，天渐渐黑了下来，我们都不说话，心急火燎往回走，气喘吁吁，脑门子冒着冷汗。暴露在风中的脸像被刀割一样，风刮得睁不开眼，眼睛一直流泪，在脸上结成了一道道的冰。终于看见亮光，终于到家了。

我带着冷风闯进屋，立马脱鞋跳到了炕上。母亲正在做饭，和炕头连接的锅里冒着热腾腾的热气，上炕后才听到母亲说：看看，冷的，哎呀！冻坏了！一边端上一碗冒着热气的水，说：快喝，暖和暖和！

在炕上，在热气蒸腾中，我像一块冰开始融化。

我把手和脚伸到被褥下面，热炕头在被褥的保暖下更暖和。开始回暖，脸变得红扑扑，很疼，摸一摸，脸颊上竟隆起一块硬邦邦的疙瘩，是冻的。记得这个疙瘩在我的脸上好久不肯消下去，暖和了就痒，冷了就隆起来。母亲一直为此自责，说：不知道会那么冷，否则定不会让一个女孩子去受那大罪。我坐在土炕上，享受着最优厚待遇。

土炕，是农村家家必备的，一则孩子多，一盘大炕能睡七八个孩子。拥挤就打个颠倒睡，有头朝外的有头朝里的，一个被桶里两个孩子很正常。二来就是北方的冬天寒冷，取暖有限，热乎乎的土炕就成为一家老少取暖的地方。热炕头永远是老人和男人的，孩子们在炕上跑跳翻筋斗，热闹非凡。小时候没有很好的保暖衣物，家里学校都很冷，那时冻伤手脚的人很多，而且这个冻伤很难痊愈，每年不等严寒来临，冻伤就提前报到，冻伤一直折磨着大人和孩子。

已经很久没有睡大炕了，但大炕温暖了我整个童年，是睡觉的床，也是我们表演的舞台。尤其是那个没有雪花的“大雪”日，那么冷，却那么暖。

香槐花

周末的下午，老家有亲戚第二天结婚典礼，我和家人驱车回家。

今年的气温偏高，漂亮的短裙早早就出现在街头巷尾，各种山花更是喧闹不休。每到春天开始，五彩缤纷的野花便竞相开放，一拨接一拨，山野亮丽起来，油松为主的山上增加了色彩，更绚丽更丰富。

最先开放的是山桃花，当山野还没完全睡醒，冬的荒凉还在延续，光秃秃的树下，荒凉的山上，突然一抹粉红映入眼帘，沉闷的心一下激动起来，第一感觉就是期盼已久的春天到来了，是悄然迸放的桃花给我们送来春的气息，是啊，一枝桃花报春早，如沙漠里的一摊清水，给人惊喜和希望，给人轻松和愉快。

接着就是杏花了，杏树相对山桃树要少得多，因此杏花开放的时候，总使人们误认为桃花。那些少男少女，甚至那些成年人竟然也分辨不出哪棵是桃树哪棵是杏树。桃花白杏花红，可山上山桃的品种有很多种，桃花的颜色也深浅不一，杏花只能湮没在桃花的行列里静静开放。有时候很为杏花惋惜，要么你就开放得早一些，要么你就彻底变换一种颜色，两种条件都不具备只能沉默，世间有多少人和事就像杏花一样湮没在别人的光环下暗淡失色。

最为惊喜的就是迎春花了，家乡的山是迎春花的天然道场，春风把温暖徐徐吹来，迎春花就漫山遍野地开放起来。尊贵的明黄扮靓了山梁，如果说山桃花和杏花使人激动，但相比迎春花她们是安静的，迎春花热烈奔放的性格，使沉寂的大山顷刻热闹非凡，春风都慢下了脚步，微颤着盛开的花朵，生怕一不小心在娇嫩的花瓣上吹起褶皱一般。云彩也丰富起来，变淡了变高了，把充足的阳光让给妖娆夺目的迎春花。迎春花变得更霸道泼辣了，尽情地铺展，把整个大山变成了明黄鲜艳的地毯。

迎春花热闹一番后，开始酝酿结果，她的花美丽漂亮，她的果实——青翘，连翘，是清火解毒的药材，苦涩的青翘谁会想到她的花是那么娇嫩妖艳。

接下来就该是马茹花上场了，雪白、嫩黄，单片、双瓣，比起迎春花一点都不逊色，更惹人喜爱的是她迷人的芳香，走在山间小道，路两旁是盛开的花儿，扑鼻的香味围裹着，不由人不做一下深呼吸。

山里一到春天，就热闹了，各种花接踵而至，这不，山槐花又开了。

槐花的香味是浓烈的，我没有得到科学的论证，但山里的花，颜色和香味是随着时间的推移越来越浓的。

距离村子不远的沟沟梁梁上到处都有山槐的影子，一股股扑鼻的香味牵引着目光去搜寻，果然不远处就是一片开着一串串小铃铛一样的槐花。养蜂人每到这个季节都汇聚到这里，槐花蜜独特的芳香优良纯洁的品质深受人们的喜爱。山里的女人们开始忙碌起来，欢声笑语中挎个小篮子，到山上采下含苞待放的槐花骨朵，回家给孩子和辛劳的老公做一顿香喷喷的槐花饺子。

记得小时候，我到山庄上的舅舅家。在我们村子的周围山上，有很多一户、两户、三五户人家的庄子，大多是从河南和山东逃荒而来的人，在山上挖一孔土窑，开辟一片种庄稼的土地，寻得一处汩汩冒水的泉眼，人们就安居下来。远方的舅舅家来得晚，还没有从庄子上搬迁下来，他们孩子多，搬到村里有很大的困难。舅舅家七八个孩子，相互之间只差一两岁，个头差不多，脸盘一样，肤色一样，眼神一样，进进出出，跑来跑去，很是热闹。

我和母亲步行十几里的路程赶到，舅舅和舅妈对我们很热情，其实很少有人光顾他们的小院。舅舅舅妈都刚刚四十多岁，但头发花白，衣衫都很破旧，肤色黝黑，整个状态呈现出和实际年龄不符的沧桑。我们坐在绿树掩映的梨树下石桌子旁，喝着浓浓的大叶茶，有蝴蝶和蜜蜂闻香而来，院子里鸡鸭成群，一只大黄狗在树荫下睡着了，刚才还非常警觉地狂吠，在主人的训斥下，它知道来的是客人，不是坏人。孩子是不认生的，不一会儿，我就离开母亲和那些叫哥哥姐姐弟弟妹妹的孩子们疯跑在一起。我们的叫喊声惊扰了院子里的鸡鸭，它们慌慌张张地东躲西藏。

那时，物资匮乏，都靠自给自足。舅舅在屋前的槐树上三下两下捋两把槐花，舅妈把槐花放到碗里用开水一烫，然后撒一些盐和花椒面，打一颗母鸡刚下的热乎乎的蛋，倒一点儿菜籽油搅拌一下，卷在擀好的面饼里。噼噼啪啪的柴火舔着锅底，擦一点油，饼子下锅，不一会儿，香喷喷的槐花饼就出锅了，香气飘满小院。吃在嘴里一股股槐花的香气散发出来，味道很是特别，记忆里舅妈的槐花饼是我小时候吃过的最美味的饼子，那种香味，甜美香醇，整个春天都是香的，仿佛吃下了整个春天的香。

沁河水流长

一条河，静静地流，季节、岁月、欢乐、悲伤，产生着，记忆着，消失着。一条河，几十年、几百年、上千年，坦坦荡荡，滔滔不绝，或细流，或奔腾，或低语，或喧哗，她的每个微细变化都牵引着人们的思绪，牵动着万民的悲喜。她是决然的，从不回头留恋，但她又是多情的，把爱播撒在两岸。那些草木、庄稼、田野、动物，人们须臾离不开她，她是胸怀最为广博的母亲，是传递血脉的父亲。缘于这条河，祖先留下来扎根，后代繁衍生息。沁河事关祖训，是家谱，所有发生的往事和正在发生的故事都记录在哗哗的水声里。

“粽子香香厨房，艾叶香香满堂，艾草插在大门上，除病消灾又安康。”小时候的儿歌，总在端午节的前后唱起来，姥姥的姥姥说，母亲的母亲说，说给我听的时候是在我刚学话还不理解其意的年龄，但它的韵律和着沁河节拍一起留在我的记忆里。我把这歌说给了我的孩子，虽然他们已经缺少了在沁河边玩耍的机会，但美好的东西应该传递。端午在古人心目中是毒日、恶日。天气转热，蛇虫繁殖，瘟疫流行，为消灾避瘟，古人就利用艾草挥发的芳香油，来驱蚊虫避千邪。门前插艾，就像贴上一道灵符，这趋利避害之意，是古人的智慧。民谚说：清明插柳，端午插艾。端午节的早晨，再懒惰的人也会早早起床，到沁河边上水草茂盛的地方找艾草，艾草的香气深深钻进你的肺腑。拽一把，带回家立在门两边，像门神一样挺立，驱病辟邪。采艾，已经不是简单的仪式，在家乡完全演变成一种文化。

“一木梳短，二木梳长，三木梳梳到河那厢。”流传的故事零零碎碎地铺展在端午节的前后。除了采艾，女孩子还有一件事，那就是拿上家里的木头梳子，到河边，嬉笑打闹，蘸上河水，梳理头发，嘴里还要念念有词，动作夸张到真的是要把头发甩到河那厢的感觉。孩子不懂寓意，但幼小的心灵是纯洁和真诚的，笃信母亲的每一句话。北方端午节的早晨，还有些凉意，女孩子到河边蹲下，蘸着清冽的沁河水，即使是短发，也要用木梳梳，直到梳出感觉，才嬉笑着回家。

端午节最重要的是吃粽子。端午前三四天，是沁河边最热闹的时候，淘软米、洗粽叶的婆姨们叽叽喳喳欢天喜地。她们一边劳动一边唠家常，更多时候是谈论端午节的传说和粽子的新技巧新吃法等。我曾问过目不识字甚至不认识钱币，很少说话，内向的几乎没有走出过村庄的老奶奶："过端午吃粽子是为啥?"老奶奶抬起迷茫的眼睛问我："不是纪念屈原?"我抿嘴一笑点点头。这就是我们的传统，就是文明。没有文化的家庭妇女，也知道吃粽子，到河边扔粽子是为了纪念投了汨罗江的屈原。她们不知道屈原为何投江，也不关心屈原的《离骚》《天问》和《九歌》，只知道为了屈原，为了这个"日子"，她们要给家人吃这独特的草叶包米的食物。

北方的春天来得迟一些，河里的冰却总是踏着节令悄悄消融，直到哗哗的流水声传来，人们就开始流连在河边了。首先是赶着鸭子下河，有鱼虾吃，有水冲洗，鸭子焕发了生机，产出更多的蛋贡献给主人。然后就是老牛晃悠着铃铛到河里饮水。孩子们也流恋在河边捉鱼抓螃蟹。太阳也不再慵懒，似乎变得勤快热烈，把河水晒得暖暖的，洗衣女出现了。沁河边不仅吸引着孩子更是女人的乐园，爱干净的女人们，来来往往，端着脸盆，急急地往河边走去。多少年前就支起来的石头洗衣板，一直候着她们。到河边洗衣不是辛苦劳作，而是一件无比快乐的事。女人们选择合适的地方，坐下来，挽起裤腿，把脚浸没在水里，家里家外，男人孩子，芝麻谷子事，笑声立刻压过水声，沁河水似乎也兴高采烈了，流得更为欢快。洗涮干净的衣服，花花绿绿的被面晾晒在身后的石头坝上，铺在绿油油的河岸上。不着急，洗完也不着急回家，还有说不完的话呢。在我的记忆里，村里有两个聚拢人的地方，一个是老槐树下的饭场，一个就是河边了。女人们到来的地方，当然少不了孩子，孩子们在大人的视野范围内随意玩耍，大一点儿的下河摸鱼捉虾，小一些的在草丛里找蚂蚱追蝴蝶。

沁河边，这个场景，这幅图画，伴随着祖祖辈辈的沁河人，有时成为记忆，有时成为向往，渗进骨头融入血液，世间还有什么在不经意间能如此刻骨铭心！

第二辑

问山·问水

山水用色彩报春知秋，用肢体呐喊助威。问道山水，禅悟生命。

万山环列之沁源

中国四大名著之《水浒传》一百二十回本，其第九十回至第一百回书写关于沁源田虎起义的故事，当时的威胜州即今沁源县，书中说：本处万山环列，易于哨聚。

说起沁源，总绕不开沁源逶迤的山和广阔的绿。

倘若在空中俯瞰，沁源就是一块绿色的璞玉，群峰壁立，岗峦耸翠，逶迤起伏，延绵不绝。沁源四面环山，居太岳山腹地。太岳山脉是位于山西中部一座状似“丁”字形的山脉，全长四百多公里，古时曾被人称为五岳之中岳，后又被人称为中镇之山。沁源位于太岳山的中部，即“丁”字拐角内的中心。太岳山脉东起沁源东北与沁县交界处的老爷山，由东向西，延伸到沁源与平遥交界处的摇头山（又称羊头山，典籍中称谒戾山），再向西与南北走向的绵山相接，之后山势拐而向南，形成一个“丁”字拐。沁源东部有老爷山与沁县交界，南部有雕巢岭和罗云山与屯留、安泽相连，北部有摇头山分界平遥，西部有绵山、石膏山、灵空山、霍山相交于介休、灵石、霍州。沁源境内不仅四周群山环绕，而且境内山峦起伏叠嶂，四面高山的中部有云盖山、仁雾山、锣鼓山、五龙山、天池山、青龙山等山脉耸立。一座座高山如青龙舞动，形成了沟壑纵横的一道道川，后川、西川、前川、东川、南川等，山川之中村庄依山而建，傍水而居，大小不一星星点点坐落在山川的开阔地，顺山的走势镶嵌在大山的裙角，画一道线就能把这些村庄串起来。

有山就有岭，以岭为名的地方大多是要道关隘，有很多故事传说。尤其是在抗日战争期间，山川交错，沟壑纵横，确实起到了屏障的作用。在沁源境内的许多山岭上发生过战役。千秋岭上阻击战、圣佛岭上卡咽喉、候神岭上将军魂、柴店岭上驻防兵，除此之外还有一些岭是根据地势特点命名，如朱鹤岭上映天池、界碑岭上男女松等。其他还有雕巢岭、黄土岭、杏壑岭等，当然不知名的岭就更多了。山路崎岖，绿岭苍翠，大自然和传说故事相映生辉，神韵极致。

山山呼应，岭岭相连，在山岭之间，大大小小的洞穴隐身其中，可谓瑰丽神奇，别有洞天。这些洞有的是红砂岩的石山洞，有的是石灰岩溶洞，有人类居住过的遗存，更多的是狼虫虎豹栖息的天然洞穴。被人们熟知并被命名的洞很多，故事也多，有的洞因故事而得名，有的故事因洞而丰满。如盖海洞通四海、卧虎洞中话神虎、龙泉洞中说龙母、噤师庙中无底洞，五龙洞、藏兵洞、神仙洞、滴水洞、潘仁美洞，南北风洞南北风、将台溶洞数不清等。

沁源人以山为荣，以山为美。世代繁衍于此，崇山峻岭，天工堆锦，山高水长，人寿年丰，生生不息。

探究沁源的历史沿革，沁源，因沁河之源而得名，古为冀州之域，春秋为晋之地，战国前期属韩后属赵，秦属上党郡，西汉置谷远县，沟谷纵横，隔山相望，意为“谷远”。王莽时，改谷远为谷近县，三国为魏之地，晋废县，属上党郡。据考证，境内的王陶乡花坡村东山头和义和村的火石圪垯一带，出土发现的旧石器晚期的打制小石器，说明在沁源这片土地上一万年前就有人类活动，也充分证实这片土地适合人类生存，青山环绕，绿水长流，鸟语花香，可谓一处世外桃源。

从羊头山说起

说到山，就必定要从距离沁源县城一百二十里的景凤镇羊头山说起。羊头山和沁源县境内的所有山一样，山势不够高大，不很险峻，逶迤连绵，山上密植着一年四季常青的油松，松香四溢，涛声阵阵，排山倒海，还有随着季节生长凋零的山草野花，簇拥着，盖满山头。

这样的山，即使在凋敝的冬季，也不苍凉。油松还绿，花草虽已零落，但分明还在进行新一轮的孕育，等待春风吹来，它们又将争先恐后醒来，生机勃勃地成长。养育它们的这一座座山肥沃丰满，从里向外传递着温暖，像勤劳朴实的母亲，衣衫虽不华丽高贵，但散发着母性的慈祥，在这样的山里就像睡在散发着奶香的怀抱里，安全而温暖。

这里的山石，憨实温暖，没有怪石嶙峋，没有面目狰狞，有的是一块块散发着太阳温暖味道的红色砂石，太阳下泛着闪闪烁烁的光芒，有能反光的晶体镶嵌在石头上，砂石吸热传递出无尽的温暖。这些山石睡在山上，但一直醒着。

景凤的羊头山，是一座有故事的山。

《魏书·地形志》："羊头山下神农泉北有谷关，即神农得嘉禾处。"

史志记载是实实在在的佐证，散佚在民间的传说更生动有趣，熠熠生辉。

关于"羊头山"的记载和说法，在不同的地方有不同的描述，而且古书记载的地点众说纷纭，其中重要的原因，就是人们在争夺起源地，争夺历史的话语权。羊头山在哪里不重要，重要的是羊头山是农耕文化的起源地。关于"羊头山"的记载就有好多处，我县老作家杨栋是景凤人，对此进行了深入研究，查阅了很多书籍。他说：唐宋之后，称高平、长子、长治交界处之山为羊头山，但上古时的“羊头山”，指的就是景凤与平遥、武乡县交界处的山脉。明朝朱载堉在其名著《羊头山新记》中说道：又按诸志，凡羊头山，以形命名，随处有之。在冀州之域者有三：其一即此山；其一在汾州西北十五里，见《一统志》；其一在古谷远县，沁水所出，见《汉书》及《水经注》。《水经注》记载：“沁水即少水也，或言出谷远县羊头山世靡谷。三源奇注，径泻一隍，又南会三山水，历落出，左右近溪，参差翼注之也。”

炎帝神农氏是中华农业的鼻祖。《易经·系辞》说，神农“斫木为耜，揉木为耒，耒耜之利，以教天下”。《礼·含文嘉》说，神农“始作耒耜，教民耕种”。由此可见，炎帝是中华农业的奠基者、开拓者。古人类主要以狩猎野生动物，采摘山果充饥，但由于狩猎的工具和野生动物有限，山果因季节供应不接等原因，人们经常食不果腹。相传，神农炎帝也正是为解决人们的生存问题，才四处奔波想办法。在羊头山，他见一五彩丹雀口衔九穗嘉禾在头顶盘旋，久久不肯离去，于是夺下九穗嘉禾并把谷种撒遍羊头山下的平川地带。不久绿油油的谷物秧苗长出，经过几个月的生长，结出成千上万的谷穗，人们把谷米在陶质的瓦罐中熬煮，顷刻山涧弥漫着香甜的米香，人们开怀畅饮，奔走相告，谷米成为人们的主要食物之一。

从此在景凤甚至沁源全境，小米粥、稀不流稠饭、焖米、和和饭等成为家常便饭，延续至今。用小米磨面，制作成鏊糕子、黄蒸、炒蛋蛋等是沁源人喜爱的食品。整个沁源境内的小米都是上品，煮出的小米粥，黄澄澄，黏糊糊，上面还漂着一层米油，香甜可口，用沁河源头的清泉水熬制，健脾、和胃、滋阴养血，是女人生小孩坐月子每天必喝的滋补品。《本草纲目》记述：黄米，养肾气，去脾胃中热，益气。陈者，苦，寒。治胃热消渴，利小便。沁源人世代养成的习惯，三餐必有一餐是小米粥，有的还早晚必喝，成为餐桌上当之无愧的主角。

大山的精气神

太岳山分段的老爷山、摇头山、绵山、石膏山、霍山这五大山脉，都在沁源边界，从东北而至西北，折至西南，将沁源紧紧环抱腹中，其中绵山、石膏山、霍山是太岳山脉的主脉，是太岳山最高最险峻的部分。最高处为绵山上的茶房岩，海拔高度为 2542 米。此外老爷山、青龙山、东南一带的罗云山，也属于太岳山的范围，但不是主脉山峰，是太岳山的余脉。

群山环绕的沁源，名不虚传，是太岳山逶迤连绵、壁立耸翠掩映下的一块天然玉石，而且最为知名的当属绵山和灵空山。

绵山是一座绚烂的山，花坡是绵山峰顶的锦缎。

方圆百里，不见悬崖峭峰，不见树木，只见绿草萋萋，山花烂漫，这山顶上的平川，高山上的草原，草原上的花园，形成花坡独特的自然美景。花坡平均海拔 2000 米以上，是太岳山的主峰之一，独特的高原气候，形成了一片亚高山草甸，这与沁源本地油松漫山遍野排山倒海的气势形成鲜明的对比，这里就是沁源人后花园中的“吊篮”。花坡绿草茂盛，每到花期，120 多种豆科植物和菊类植物，每年进入阳历 5 月，就有不同品种的山花，次第开放。先是颜色清淡的白花、淡粉、浅黄的花，然后就是大红深紫明黄等不同颜色的花一起绽放，喧闹妖娆，争奇斗艳，招蜂引蝶，热闹非凡。相传隋朝末年唐王李世民率军攻打霍州路经此地，一路行军，疲惫不堪，放眼四周，一片花海，顿觉心旷神怡，不禁脱口而出：好一个花坡！花坡也因此得名。花坡风景秀美，已经成为吸引游客的主要风景地之一，尤其是经过精心打造的岭上村牛棚咖啡屋，正在设计规划的池上高端民宿集群都将成为富有特色的旅游亮点。

花坡，是可以躺在花丛中数星星的地方。花坡，是可以立于山巅喊一嗓子信天游痛快淋漓的地方。

绵山因介子推而成为一座孝义名山。

晋国介子推的忠孝故事在中华大地源远流长，成为忠孝文化的代表和象征。介子推“割股奉君”“辞官不言禄”“隐居绵山”“抱树而死”的故事，大家耳熟能详。但争议也很多，争议的焦点就是对介子推到底是哪里人、隐居在哪里众说纷纭、莫衷一是。

无论介子推到底隐居在哪里，作为“寒食节”起源地之一的沁源县，有很多传说和佐证。

绵山脚下的郭道镇伏贵村就有介子推墓一座，伏贵村也“因埋有贵人”而得名。在伏贵村民间流传很多故事，在周边很多村建有介神庙。据记载，从郭道镇到王陶、王和一带的北半县，有遗迹可查的介神庙多达 30 多座。在郭道镇郭道村后山有一土台，名为“思烟台”。相传火烧介子推时，无数白鸦扑入火中口衔树枝营救介子推母子，虽没有救下来，白鸦也被熏成了黑鸦。晋文公被白鸦义举感动，一路追寻，在郭道村发现了它们，于是命令将士在高处筑一土台喂鸟，以此纪念介子推。在郭道镇一带有着流传已久的寒食节习俗。清明前，孩子们戴在肩头的义鸦，戴在头上的明前柳，祭祀用的炒蛋蛋、蛇盘兔、花馍、面塑等，都是寒食习俗的印迹。还有为了给守墓守庙者减免赋税而“环绵上而封”的记载，封地就在沁源的绵上村一带。

“山不在高，有仙则名，水不在深，有龙则灵。”在沁源与霍州的交界东侧，有一座享誉三晋的名山——灵空山。

远近闻名的灵空山，峡谷幽深，油松称奇，绵延百里，茂密挺拔。“九杆旗”自带生命密码，一根分三枝，三枝分九枝，独木成林，堪称奇绝，被列入吉尼斯世界名录，“油松之王”广传天下。此外，“二仙传道”“三炷香”“四朝云杉”威风凛凛，整齐的树木就是整装待发的将士，也是遮挡热浪的屏障，山间小道林荫蜿蜒，习习山风，婉转鸟鸣，尽享静谧安详自在。

说到灵空山，就不得不说圣寿寺和先师菩萨。在佛教史上创立佛教的释迦牟尼是皇子出家学道成佛的，在灵空山圣寿寺出家修行的也是一位皇子，他就是唐懿宗第四子李侃。

李侃生于唐咸通三年，因时逢战乱，李侃秉性善良，不事权谋，辗转五台、平遥后到达沁源，先在沁源候壁村的青果寺学佛行善，后到灵空山，见山景奇秀，顿生觉悟，于是在此削发为僧。李侃出家后，他的弟弟唐僖宗派人四处寻找请他回朝，但李侃决心已定，誓不回去，直至三十三岁无疾而化。李侃坐化后，五代后唐封施雨王，后汉改封菩萨，后周加封为先师菩萨。

皇子出家修行并被后人尊为菩萨，世所罕见。灵空山还有更为神奇的关于龙母龙子的传说。

按说龙应该和云、雨、水、火等相关，然而在山清水秀的灵空山却流传着许多关于龙的别样传说。相传龙母在沁源县韩洪乡的蟠桃凹吃蟠桃受孕生五龙，五龙长成四龙入海，小龙与法师斗法大败，留下龙头（沁源县中峪乡龙头村）、龙尾（风洞沟）、龙脊（灵空山风景区北山下寺院的一截惊险路段）、龙蛋等。沁源带“龙”字的村庄和地名很多，比如：五龙川、五龙洞、龙门口、桥龙沟、青龙山、青龙河等。龙文化已经成为沁源历史文化的一部分，为绿色山水增加了传奇和灵气。

据说在抗战时期，日本人曾在山顶往圣寿寺方向扔了四颗炮弹，而所有炮弹无一例外都是哑弹，日本人信佛，认为此处一定有佛祖保佑，便慌忙撤离了。

灵空山空灵之地，一草一树都透着灵气，一山一寺都有说不尽的故事。

特殊的地理环境，塑造了特殊的人文精神，山有山的伟岸，人有人的气节，沁源大山的精神气和沁源人的精气神融为一体。

源头活水之沁源

俯瞰沁源大地，犹如一片梨形叶子，把 2549 平方公里 60%以上的森林覆盖下的绿，满满地收在这片叶上，广袤群山油松浩荡，微风吹拂碧波荡漾，一片叶延展开的就是一片绿色的海。在这片叶上，万山环列，沟壑纵横，千泉喷涌，无数条河流在山底沟谷间盘旋蜿蜒。在山底、山腰、山顶，在石峰间、树根下、草丛里，不经意就会有一股股清泉冒出，给人惊喜，甚至在坚固的水泥沥青地面也要挤出一条缝隙奋勇杀出。这些泉，冲出山涧，历落出左右近溪，参差翼注之，向南，向南，汇入黄河，奔向大海。

逐水而居

沁源，位于太岳山腹地，自古山高林密，有天然山洞容身，有丘陵和高高的黄土土台，适宜藏身或居高而居。

大山之中有取之不尽的山石，可以制作谋生的石器，在茹毛饮血的洪荒时期，能制作石器，已经是人类的大进步，决定了“人”在动物界逐步向更高的层次迈进。上古时期，先民以采摘和狩猎为生，万山环列的沁源大地有茂密的森林，各种野果布满山岗，万千禽鸟野兽藏身密林，大山有取之不尽的果腹之粮，大山是遮风避雨的天然屏障。这是上天赐予的一方休养生息的福地。

沁源，因沁河源头而得名。

沁河从巍峨的太岳山下沉淀汇集万物之精华后汩汩出世，浩浩荡荡，一路蜿蜒南下。在百里千里的征途中一边吸纳百川壮大，一边开枝散叶浇灌，所到之处的动植物、生命体，逐水而居，生生不息。

万物有源，它是母，是祖，是根。

沁源，虽偏僻一隅，藏匿于群山之中，但历史悠久。从境内的王陶乡花坡村东山头和义村的火石圪垯遗址收集到的远古石器文物说明，早在旧石器时代晚期，沁源境内就有人类生存，距今大约有一万年的历史，这个时期的人类主要依靠采摘和狩猎为生，以山林为居住地。

远古人类进入仰韶文化时期，也就是距今 8000 年至 4500 年之前的新石器时代，人类开始逐水而居进入农耕阶段。在沁源发现的两处遗址分别是闫寨村北的高台地和罗家湾村西的台地，这两处举在高高的黄土台地上的遗址，就在沁河岸边。之后发现的遗址逐渐向沁河流域的低层台转移，居住地的由高向低，由山林向平地迁徙，是和当时人类的生活方式相关联的。

但毋庸置疑，由高向低，由远及近地靠近河流，靠近水源，是人类生活的必需，更是进步。

所以，河流孕育了生命。

群山环列，沟壑纵横之中甘泉喷涌，有多少座山就会有多少股泉涌出，甚至更多；有多少条沟就会有多少条水流成溪，甚至更多。溪流游弋在山壑里，招招手，就会有其他小溪汇入，一首歌唱不完，就汇集成河，从四面八方朝着母亲沁河靠拢，一条，两条，三条……沁河只在发源地就有了无数的汇聚。于是在这里，在两岸，山+水=生命，就这么简单的运行，生命得以承载。

沁河，古称少水、沁水、涅水，是黄河的一级支流，是山西仅次于汾河的第二大河流。

沁河，是一条古老的河。

上古奇书《山海经》中有相关记载：（轩辕山）又北二百里，曰谒戾之山，其上多松柏，有金玉。沁水出焉，南流注入河……

《水经注》中记载：沁水出上党涅县谒戾山，沁水即涅水也。或言出谷远县羊头山世靡谷，三源齐注，径泻一隍。又南会三水，历落出左右近溪，参差翼注之也。“三源”分别为：西源，太岳山东麓二郎神沟；东源，官滩景凤羊头山；北源，与平遥交界的黑城。

沁河源于沁源，是毫无疑问的事实。但多年来关于在境内的源头又是众说纷纭，莫衷一是。

《水经注》的三源说，是被后人广泛引用的，但在科技交通不发达的古代，人们靠着两只脚丈量山水，出现较大的误差，或者说是谬误，也是可以理解的。大自然不仅神奇，更有着太多的神秘，需要人类一代代去探索，发现，了解，解释。

关于沁河的源头流传不同的说法。“四源说”，即一曰滑凤（今景风乡的活凤），二曰崖头，三曰车家岭底（今伏贵沟），四曰白狐窑的马圈沟。这是明万历（1608）版《沁源县志》的记载。

后来，在民间出现了“六源说”“七源说”等等。

存在各种说法，一则因为古时交通的不便利，科学技术不发达，限制了勘验的全面性，周密性；二是因为不同历史阶段，撤并分合频繁，造成沁源县域版图的改变，从而对本区域源头的说法不一。三是因为不同历史阶段人为命名的不确定性。无论哪种说法，都或多或少受当时条件和历史的制约，就拿很有权威的郦道元《水经注》来说，后人还一直追究关于“谒戾山”和“羊头山”的关系等。其实山还是那座山，河还是那条河，因为不同的叫法，导致后人要花费很大的精力去考证古今不同命名。不断的考证，注解，真是一件劳神费时的事。

关于河流源头的确定，通常采用的三个标准，即“河源唯远（长）”“流量唯大”“与主流方向一致”，也就是河流源头首要是看长度，然后才是走向、流域面积、水量、汇合口处的河势等。

2008 年 10 月沁源县政府在太岳山东麓的二郎神沟立“沁河源头”碑，碑文尾书：“生态大县，因沁河而山明水秀；千年古县，保源泉而源远流长。为保护水源，特建亭立碑以记。”一级政府确立源头，一定经过调查考证，才会最终确立，也正因为此，2016 年山西沁河源国家湿地公园成立，源头的唯一性再不争论。

现在，经过水利部门的勘验把沁河的源头确定为“九源”：一是沁河主源—河底泉；二是沁河北源—赤石桥河；三是沁河东源—紫红河；四是韩洪（程壁）河源头；五是乔龙沟河源头；六是白狐窑（枣林庄）河源头；七是狼尾河源头；八是法中（青龙）河源头；九是柏子（龙头）河源头。在万山环列沟壑纵横的大山里，各种小的支流数不胜数，分别流进九条大河，九支大河次第汇入主源，九九归一，沁河聚九河水量，于沁源县中峪乡龙头出境，滔滔南下。

灵空山上有油松之王“九杆旗”，被称为神树，暗藏生命密码，矗立了上千年，历经岁月淬炼，傲居峰顶；沁源大地有九条大河，汇万泉溪流，千回百转，沧海桑田，从北向南汇成沁河，奔向黄河。这是巧合，还是天意？

沁源境内，水绕山环，河流在山涧中穿梭，高低错落，激流勇进，水花四溅，犹如一活泼少女充满青春活力，且无忧无虑，欢蹦乱跳，唱着歌，撒着欢一泻而下。

“沁河水真大”，这是老人的记忆。

在一些老照片里，尤其是沁源围困战期间，有一张部队过河的照片，八路军战士手拉手互相搀扶过河，河面足有十几米宽，河水齐腰——

沁河水浩浩荡荡，披荆斩棘。

从沁源中峪乡的龙头村出境后，经安泽、沁水、阳城、泽州出山西，至河南省的济源市、沁阳市、博爱县、温县、最后于武陟县汇入黄河，全长 485 千米。根据相关资料，沿途汇集的河流更是数不胜数，比较大的河流就有丹河、蟒河、端氏河等 30 多条。

沁河水，不仅造福于发源地沁源县境内的子民，还把更大的福利派发给了下游。

作为源头人，我们曾经沿沁河一路向南走访，当到达出沁源后的第一站安泽时，就看到沁河被引向临汾的水利工程。心中有喜有忧，喜的是沁河水不仅润泽流经区域的子民，还被引进到更需要的地方发挥作用；忧的是原本一股清流却生生被分开，有离别幽怨的情愫在里边。

继续向南挺进，各种水电站、水库不计其数，我看到了更为辽阔的沁河水。沁河已经改变了在山里崎岖蜿蜒悠悠长长的身姿，在九女湖，她已经变身丰腴的少妇，安静的水面上，壁立的山体倒映水中，曾经一眼便可望穿河底的沁河，在这里变得高深莫测，那一汪碧水，不再欢跳，静静地睡在两山之间。

沁河水长大了，成熟了。

过太行山，到达王屋山脉，地势陡降，沁河水一改温良以雷霆咆哮之势穿越晋豫峡谷，到达一马平川的济源。

一直致力于沁河文化研究，曾任温县文联主席的严双军来到沁河源头后写下这样的唱词：

上党峻岭哟太岳山，
太岳山东麓有神泉，
泉水汩汩溪流潺潺，
潺潺流水是沁河源。

沁源河水一路向南，
南来穿越了太行山，
太行山外一马平川，
平川无垠是丰收田。

田野丰收沁河两岸，
沁河两岸连着十县，
千里的沁河出沁源，
神农泉连接黄河滩。

黄河滩啊，神农泉，
沁河水哗啦流万年，
两岸的百姓得滋润，
美丽的故事在流传。

济源五龙口，是一处风景迷人的国家级4A级景区，但它更是一处历史悠久的水利工程。早在秦始皇二十六年（公元前221年），就曾在沁河出山处凿渠灌田，以“枋木为门”，称为秦渠枋口。后各朝各代均有扩建，至明代天启年间，相继开通广济、永利、利丰、广惠、和兴利五渠，形成“五龙分水”之势，像一只手岔开五个手指指向济源全境，浇灌万亩良田。在傍晚的霞光里，我们站在高高的石坝上，目光虽远不能及沁河浇灌的万亩良田，但身下深不可测的沁河水，似有呜咽之音入耳，水面因流水不畅，淤积了很多垃圾和水草，黑黢黢一片，心头有说不出的滋味。

一行人，默不作声。

我们走沁河，作为源头人，就像母亲一样，沁河就是嫁出去的闺女。一路走来，当她清纯爽快，欢声笑语时，我们是快乐的；当她面目疲惫，默不作声时，我们是心疼的。

在沁源，沁河水基本是在两山之间奔驰，两旁坚固高大的山给河水留出了路径，同时也设立了屏障。沁河水在源头，是温顺的，乖巧的，即使暴风骤雨，洪水泛滥，也很少横冲直撞，信马由缰。

沁河冲出太行山，失去大山的屏障，在一马平川上驰骋，华北平原广袤的田野，全在沁河水的滋养下，有时也难免出现洪水泛滥成灾的现象，尤其到了河南武陟，走在高出房屋屋顶的悬河河堤，情形着实令人担忧。

从龙说起

沁河边，流传着很多神话传说。就像沁源是沁河的源头一样，这些神话传说是沁河文化的源头。

沁源龙文化，有着完整的的故事链条，关于龙母怀孕、龙子出生、五龙之死、四龙出海等传说故事在民间广泛流传。龙是中华民族的图腾，主宰着风调雨顺，是人们对上天敬畏仰望之心的体现。古时，人的力量薄弱，一切靠天吃饭，天由龙主宰。人们把希望寄托在龙身上，但沁源的龙不在天上。

龙母在沁源。在沁源县韩洪乡有一个村庄叫蟠桃凹，从外表看，这个村和山里所有山村一样，背靠大山，村前小河流过。但这个村却与众不同，因为“龙母”出生在这里。

“龙母”原本凡胎伶俐女，生性活泼好动，终日上山牧羊放牛。长大成人后，忽一日，山里的小河漂来五个红彤彤的大仙桃，“龙母”吃仙桃受孕，在灵空山的“五龙洞”内生下五龙。之后“龙母”脱胎换骨，法力剧增，她带领五龙在灵空山修炼成长。山内有一汪碧泉，名曰“五龙池”，是五龙戏水成长的地方。五龙长大，四龙茁壮，唯有小龙乖戾。山中有庙，来一法师，小五龙与法师在山中斗法，被打败，粉身碎骨，支离破碎于山中。龙头被甩到现沁源县中峪乡的龙头村；龙尾、龙蛋在灵空山的风洞沟；龙脊化为从灵空山北山神树“九杆旗”下山的崎岖山路。五龙石化在灵空山，虽然四分五裂，但永远留了下来。其他四龙修炼得道后，于“盖海洞”出，分别到达四海，成为四海龙王。

龙文化在沁源源远流长，“龙”是中华民族的图腾，具备风雨雷电的力量，像山一样雄伟，像鱼一样在水里游弋，像鸟一样在空中飞行，乃万兽之首，万能之神。因此，在山里人们把一切美好的希望寄予龙。

在灵空山，关于“龙”的故事栩栩如生，一代代传承。“龙”寄托了人们无限崇拜和向往，山里日月轮回，风调雨顺，一切依仗“龙”的眷顾。山里人纯朴善良，“龙”的法力无边，行侠仗义，公正无私，成为古时山里人的“信仰”。

“龙”故事是每个沁源人的启蒙，从在母亲怀里就开始，每个夜晚都在故事的讲述和遐想中睡去。

关于“龙”的故事在沁源不是空洞的，玄幻的，不是游离于实际虚无缥缈的，而且有实实在在的“遗迹”佐证。

在沁源以龙命名，或带龙字的村庄地名有很多，如灵空山、龙居山、五龙川、五龙池、盖海洞、五龙庙、龙门口、青龙山、青龙河、乔龙沟、龙泉山、龙头村等。在灵空山，有龙脊、龙尾、龙蛋、仙桥等。

除此之外，在民间还有一种对“龙”的崇拜形式，那就是“舞龙灯”。沁源县境内有很多村至今保持着“舞龙灯”风俗，以郭道镇伏贵村最具有代表性，其他还有聪子峪乡的水峪村，灵空山镇的西务村等。

伏贵村的舞龙灯，是传承较为规范，仪式最为完整的一种。每年正月二十是固定的舞龙灯节日。早起，在伞头的带领下，到村东头举行饮龙仪式，穿龙衣、起龙头、点龙灯，仪式完毕，鞭炮齐鸣，舞龙队伍群情激昂，两条龙似腾云驾雾翻滚而出。早已迎候在村口的秧歌队、旱船队、伞伞队、扇子队、花鼓队、舞狮子队跟在舞龙队伍后，沿街逗耍，一条火龙，一条水龙，红绿相间，上下翻飞。舞龙队伍一拨一拨换人，个个大汗淋漓，村里的年轻人一个个加入舞龙的队伍里。在村里流传这样的说法：无论老少，只要二十把龙舞，一年顺畅如意，事业发达财源滚滚。因此在伏贵村正月二十这天，在外的游子都会赶回来，就为参加一年一度的舞龙灯。

晚上，隐没在绵山脚下的伏贵村，张灯结彩，人来人往，热闹非凡。街道花灯引路，锣鼓喧天，鞭炮齐鸣，在伞头的带领下，队伍在龙王庙风神台祭风，村里德高望重的老人在祭风台上吟唱神歌：

家伙打得落了音，风神老爷你来听；
今晚咱村闹龙灯，管住大风和小风。
风神老爷坐西台，全村人等祭风来；
保佑今晚不刮风，来年一定五谷丰。

夜晚舞龙，大地漆黑一片，龙体内自制的蜡烛，闪闪发光，光影上下左右舞动，恰似蛟龙出海，活灵活现，现场气氛热烈，人心亢奋。舞龙队伍一路走出村庄，攀延上山，到达村对面的水母娘娘庙。

伏贵村的舞龙有很多仪式规范禁忌，首要的禁忌就是“龙不出村”，这个传统一直保持到现在。

龙的传说，龙的故事，龙的演绎。

沁源大地，简直就在古人的“龙阵”里，古人不仅给我们留下超越想象的神话，更给我们营造了想象的空间。

时代发展至今，科学技术告诉世人，有些事物只是人们的美好愿望，但这种愿望支撑着人们一代代生存、生活。

沁水留声

沁河水，或潺潺低吟，或引吭高歌，或叮咚欢唱，或委婉环绕。山底的水声与山上的松涛一起和鸣，在这片土地上回响，是大自然的交响，天籁之声，天地之作。

汉朝刘向在《列仙传》中记载了上古三代、秦、汉时期的七十一位神仙的成仙过程和重要事迹。其中第二十六位神仙是琴高真人，据有关记载，琴高真人就生活在沁源县城东郊的琴泉村。

《列仙传》中记载：琴高者，赵人也。以鼓琴为宋康王舍人。行涓彭之术，浮游冀州涿（一作砀）郡之间二百余年。后辞，入涿水中取龙子，与诸弟子期曰：“皆洁斋待于水傍。”设祠，果乘赤鲤来，出坐祠中。日有万人观之。留一月余，复入水去。琴高晏晏，司乐宋宫。离世孤逸，浮沉涿中。出跃鳞，入藻清冲。是任水解，其乐无穷。

琴高，是战国时赵国人。因擅长弹琴做了宋康王的宾客。他精通养生之道，浪游冀州和涿郡一带达二百多年。出水乘红鲤，入水修饰身，唯任水解成仙，其乐无穷尽。

根据《列仙传》中的记载，后人多有演绎，尤其是琴高善弹琴，并成为宫廷乐师，可见他的音乐造诣很高。琴高在沁源的油松密林间骑鹿穿行，耳闻松涛阵阵，鼓瑟齐鸣。又身居沁河岸边，聆听沁水吟唱，跨鲤出行。山中松涛阵阵，和风吹拂，山下沁河滔滔，婉转动听。琴高身处其中，音乐自琴弦流出，形成于山水间，又演奏给山水，旋律在空中弥漫，在沁源大地婉转留声。

在县城附近沁河东岸的琴泉山，有琴高真人墓。琴高真人祠旁，有一股泉水，是为“灵泉”。泉水甘甜清冽，每遭天旱，百姓们就在此祈雨，非常灵验。据传，唐永正年间，沁州太守在这里祭奠后又饮酒，将剩余的残脏腥械放入泉中洗涤，灵泉因此而逐渐干涸。后河东节度使令狐楚祭祠祷雨，灵泉一夜复出，灵泉也叫“琴泉”。在琴泉山，琴高在此设帐授徒，传播国学，琴泉村后人多博学之士，诗书礼让，学风厚重。后人于此地建义学，在康熙、乾隆年间义学不断修缮。乾隆二十四年，知县刘琨改义学为琴泉书院，内设养正、观德、修道、考课、文会五堂。据记载，从乾隆二十四年到光绪二十八年，乡试中举 41 人，会试中进士 6 人。

琴高，在沁源大地播撒了音乐和文化的种子，像沁河水一样源远流长。

在沁源大地上，先民乐观向上，勤劳朴实，在田间地头，在高山密林，在沁河岸边，一曲曲悠扬的小调，虽不似琴高的乐声飘扬在宫廷上空，但沁源秧歌却成为人们生活的一部分。

古书记载："沁地君子咏歌风雅""岁收民自乐""元宵节张灯放烟火，各庙宇汇集倡优赛神（赛歌）。"

音乐的种子，从春秋琴高真人一路传递，从宫廷到民间，高雅奔放，在更广阔的天地，拥有了更自由的风格。沁源秧歌有 700 多年的历史，曲调既有强悍、豪爽、粗犷的山乡土味，又有婉转、流畅、缠绵的田园风情，朴实、自然、通俗、流畅，易学易记。据调查，沁源秧歌有三百六十调，现在收集整理到二百余种。沁源秧歌已经融入沁源人的血液里，在抗战期间，沁源秧歌在鼓舞士气，提振精神方面起到了很大的促进作用。现在几乎村村都有秧歌队，在田间地头，公园学校，不分男女老少，随处都能听到悦耳动听的沁源秧歌。乐观向上的百姓唱秧歌，扭秧歌，赛秧歌，成为生活的日常。

山高石头多，出门就爬坡；

扁担肩上磨，担的都是歌。
祖辈唱山歌，流成大沁河；
歌儿养了我，越唱越快活。

沁源人民的生活就像沁源秧歌一样，一路凯歌，向高向远……

人文万象之沁源

一方水土养一方人。

沁源的山很清秀，万山藏绿，翠色堆锦。沁源的山很倔强，孤傲独立，庄重绵延。大山不语情自在。

沁源的水很温柔，千回百转，蜿蜒川行。沁源的水很甘甜，润泽生民，生生不息。沁河多情爱无疆。

神仙传说

人力所不能及，寄予想象和外力，神话传说由此产生。

古今中外，都有关于神话、神仙的传说，上天入地，神通广大，能到达人不能到达的地方，能办到人不可能办到的事情。人们寄希望于神仙，神仙便大多是善良、正义、勇敢的化身。在沁源这片古老的土地上，据有关考古发现，在王陶乡花坡村东山头和义和村的火石圪垯等地就发现了石核、尖状器、刮削器等旧石器时代晚期的打制石器，这些遗址和遗物说明，沁源是一块适合人类居住的地方，有近万年的历史。

在沁源最早的传说，有景凤镇羊头山炎帝得嘉禾的传说。《魏书·地形志》记载：羊头山山下神农泉北有谷关，即神农得嘉禾处。在沁源自古就有种植谷物的习俗，直到现在人们依然离不开小米粥、和和饭等。也因此在沁源的历史上曾被命名为“谷远”“谷近”“谷州”等，一方面和沁源山大沟深的“谷”有关，另一方面与本地盛产“谷物”有关。那么对于谷子小米的来历，人们就展开了丰富的想象，神农炎帝于羊头山得丹雀衔来的九穗嘉禾，播撒于万亩良田，于是沁源的沟沟岔岔都生长出了绿油油的谷苗，黄澄澄的小米滋养了一代代沁源儿女。

大禹钢鞭劈龙凤峡。沁源境内有两大水系，以沁河水系为主，几乎涵盖沁源全境，《水经注》有关于沁河源的记载。另一水系就是汾河水系，龙凤河穿越龙凤峡注入汾河。相传大禹治水期间，曾来到太岳山南面，位于沁源县北部王陶、王和一带的水到达石口子时被一座山堵截，大禹用钢鞭把龙凤峡劈开一个口子，大水得以畅通。因此这里就叫石口子，也叫龙凤峡。而且在龙凤峡深处，有一巨石形似巨人之脚，人们把它叫作大禹之脚，也是为了印证大禹的足迹曾经到达过这里。

沁源的历史上有很多关于“相术”的传说，其中沁河镇北石渠村、李家庄等地关于算命相面的传说更多，主要是因为麻衣禅师。麻衣禅师是麻衣相术的开山鼻祖，有《麻衣相法》传世。相传麻衣禅师为距离县城不远的北石渠村人，少年就外出学道，云游四方，半僧半道。有民谚说：学会麻衣相，敢把人来量。因此在他的影响下，北石渠一代常有懂相术的人出现。据明万历《沁源县志》记载：麻衣禅师，坐化龙居山，后人建寺焉，名麻衣寺。麻衣寺的遗址就在沁河镇李家庄村后龙居山上，山下东风湖水源茂盛，麻衣禅师学法悟道传授相术的宝地。现在的麻衣寺，只留下传说和记载，荒草湮没了遗迹，人们只能靠想象延续传说了。

沁源因为沁河发源而得名，山清水秀，自成一统，沁源人生性乐观，流传已久的沁源秧歌，祖祖辈辈伴随着沁源人在大山里自得其乐。说起音乐的起源，离不开琴高真人。

琴高真人是我国古代“琴圣”，中国古琴艺术的鼻祖，战国时宋康王的宫廷乐师。据《列仙传》载：琴高者，赵人也，以鼓琴为宋康舍人。行涓彭之术，浮游冀州、涿郡间二百余年。在与沁源县城一河之隔的琴山上，仍有琴高的墓葬和石碑。琴山属太岳山一脉，树木茂盛，芳草萋萋，山下沁河流水潺潺，琴高真人在密林中骑着白鹿穿行，在沁河里身跨锦鲤穿梭。林间河边，琴声悠扬，智慧之音飘荡于太岳山间。琴高真人在琴泉村曾设帐授徒，“用心谓三教”，是为“琴泉书院”。明朝画家李在创作的《琴高乘鲤图》，现珍藏在上海博物馆。《列仙传》记载的七十一位神仙，琴高真人列二十六位。如此多的佐证，记录一个神仙的踪迹，就在太岳山深处，就在千年沁河岸边。既有古人音乐的种子，又有沁源人自身的乐观豁达，沁源秧歌的小曲一唱几百年，田间地头，村舍校园，300 多种曲调，高昂低缓，曲调悠扬，男欢女爱，婚丧嫁娶，家长里短，都能以歌的形式体现，尤其是在沁源围困战期间，沁源秧歌在鼓舞士气、提振精神方面起到了巨大的引领作用，是山里人艰苦生活的一抹阳光，照亮了阴霾下的一片天。

深山出绿林

沁源的山，60%以上的森林覆盖率，90%以上的植被覆盖率，山有了海的气势，是万顷林海，碧波荡漾。

山高皇帝远，在山里久了，人的性格就有了山的性格。

万山环列，易于聚哨。出自《水浒传》对沁源的描述。自古深山出绿林，在大山沟壑之中，有无数的山头可以成为寨堡，无数被压迫的好汉揭竿而起。

不同年代的起义，在沁源的历史上都有史料记载。早在西晋元康年间就有郝散、郝度兄弟为反抗欺压先后起义；北魏时有劳臻、士聪起义；宋代的田虎造反，关于田虎在《水浒传》中有十回具体的描述；相传清代有杨浦起义；还有发生在法中乡的大刀会、干草会等等。更有许多占山为王的故事流传，现仍有遗迹佐证，比如王陶下壁村的窦建德寨、鱼儿泉的景家寨（景秀英），中裕乡蔚村的梨花寨（樊梨花）等。他们因受压迫而起义造反，对老百姓豪侠仗义，对压迫者恨之入骨，在老百姓的眼里他们是救世主，在统治者眼里他们是土匪。他们铁骨铮铮，侠肝义胆，在大山里藏身，在大山里搏杀，虽然一次次起义以不同的形式终结，但他们的所作所为在一定程度上打击了压迫者的嚣张气焰，给老百姓争取了或多或少的生存利益。因此，在当地，关于他们的故事久久流传，他们曾经是山的脊梁，山的魂魄。

移民之乡

说起移民，大家耳熟能详的一定是洪洞大槐树。明洪武年间，因多年战乱，齐鲁、冀津、中原大地战乱频发，水涝旱灾蝗疫接连不断，饿殍遍野，十室九空，民不聊生，“春泥归来无栖处，赤地千里少人烟”，呈现一片悲凉。

而晋地山西土地肥沃富足，群山林立，远离战争，人烟相对稠密，移民就从这里开始。据有关记载，从洪武元年开始，移民连续进行了50年，共9次。山西当时辖79个县，有70个县移民，在册600万人口，迁出300多万，为此就出现了历史上有名的浩大工程——移民，这么大规模的移民是把山西人往外移。

说到沁源，也是一个移民大县，不清楚当年从沁源大地走出了多少人，能被现代人熟知的是战乱灾祸年间，有大批的外地人移民到这里，是所谓往内移。据调查，沁源的现居民有从邻近地区移民来的，相对多的来自平遥、介休、祁县、襄垣、沁县的。远的就是山东、河南、河北等地的人们或因战乱、疫情、水涝、旱灾等原因一路讨饭而来。

沁源地处山区，四季分明，山清水秀，林草茂盛，百鸟栖息，是一块远离纷争的世外桃源。因此在古代一些贤达人士在此隐居避世。相传晋国“割股奉君”的介子推，在结束19年的流亡之后登上王位的晋文公对出生入死的将士论功行赏而被遗忘，众人争功邀宠之时，孤僻自傲、洁身自好的介子推携老母逃到了绵山，也就是现在的沁源定居下来。后被醒悟的晋文公追赶误烧死在绵山。沁源县的伏贵村，相传因埋有贵人而得名。至今流传在民间的寒食节就是为了纪念介子推，老百姓在每年清明节的前后三天都不动烟火，只吃冷食，还要上坟祭祖。还有遍布全县的三十多座介神庙、伏贵村的洁惠侯祠、郭道村后的思烟台等，都是因为纪念介子推而得以保留下来的。

皇子出家在沁源。唐朝唐懿宗四子李侃因战乱，放弃皇家的荣华富贵，从太原到平遥，从五台山到沁源灵空山，被灵空山的灵气和秀气吸引留下来，削发为僧，静心修炼，直到唐景福二年（893），在他 33 岁坐化佛境，公元 936 年后汉册封为菩萨，公元 960 年，后周加封先师菩萨。皇子出家已称奇，后人尊为菩萨更是绝无仅有。

沁源就是这样一个充满传奇故事的地方，那些久远的传说像沁源的山一样丰富，像沁河水一样源远流长。

到了近代，沁源更成为躲避时乱，远离灾祸的首选之地。

沁源因山大沟深，土地肥沃，远离战争，很少水旱灾害等缘故，邻近省份的灾民不断拥来，他们拖家带口来到山林间，找一片较为平整的土地，背靠土崖挖一窑洞，在山沟里找一山泉，真可谓：一箪食，一瓢饮，一把锄头，几亩荒田，日子就这样开始了。生活虽然艰苦贫困，但对于饥饿、死亡已经是奢侈了。他们能在安逸的山林里享受风调雨顺，享受生谷之土带来的饱餐果腹，远离刀光剑影、流离失所、生死不定，已经是最大的满足了。当时山里移民很多，散居在沁源大山里，大多是三五户一起，也有独户的，孩子多，一窝窝，吵吵闹闹，再养一只忠实机敏的狗，有了响动的山庄窝铺从此有了生活气息。

远方移居而来的人们，日子是很艰难的，常听父辈说起当年，居住在山庄窝铺，经常会有野狼叼走孩子的事，还有常年隐居山里孩子多负担重，没有衣服穿，男人女人光着膀子在田里干活，只有一条裤子需要爱护节省，因为出山要穿。孩子们一个个光着屁股长大，直到懂得人事，才穿上破烂不堪的衣服遮羞。奶奶说起往事总说一句话：像猴子一样。

青龙山所在的青龙沟是沁源县移民比较集中的地方，据说有山东、河南、河北、陕西等九省十八县的移民分布，他们保留着南腔北调的地方土语，保持着老家的生活习惯，又渐渐融入当地生活，大多外来移民的第二代、第三代为了融合开始学说本地话，而且练就一种本领，上一句山东河南话，下一句本地话，转换速度之快，可以无缝对接。而且为了生存，这些移民养成了吃苦耐劳、诚实善良、友爱互助的性格，也正是这种秉性使他们在异乡扎下了根，并繁茂地发展。也正是移民的拥入使沁源进入一个繁荣时期。据有关资料显示，沁源在清康熙年间有居民一万多户，比明万历年间增长了一倍多，到清中后期人口增长为一万五千余户，全县人口约六万多人。人口的剧增给沁源带来了空前的繁荣，人们安居乐业，尽享山川大地带来的福泽。

围困战精神

从1942年10月到1945年4月，长达两年半之久的沁源围困战，是沁源人刻骨的记忆。

沁源，太岳山下一个偏远的山城。这里，群山绵延，草木繁茂，生活在这里的人们，在大山的庇护下，在沁河水的滋润下，安逸幸福地生活了几千年。偏居一隅，与世无争，可谁能想到，1942年10月，当西北风吹落了树叶，当霜雪即将覆盖大地，冬季就要到来，原本进入了休养期，原本可以在暖暖的土炕上享受秋天收获果实的时候，一声炮响，打乱了人们的正常生活。从1942年10月到1945年4月，两年半时间，成为沁源人民的一场噩梦。手无寸铁，善良朴实的山里人，在围困指挥部的组织指挥下，二沁大道两旁23个村庄，3200多户，1.6万群众疏散到深山密林之中，从此他们以天为盖，以地为床，食野果、喝山泉，生活回归到了原始状态。留给日军一个“没有人民的世界”，水井被填，粮食被埋，人找不到，气急败坏的敌人，展开了更为疯狂的扫荡，野外的寒冷、东躲西藏的惊悸，饥饿和流血，沁源人从此遭下了大难。但机智勇敢，顽强不屈的沁源人没有隐藏得无影无踪，而是奋起反抗，配合主力部队作战2730余次，击毙日伪3078人，俘虏日伪汉奸

245 人，最终围困之敌于日本投降前仓皇撤离，沁源人民取得围困战的全面胜利。

在围困战中，不仅结合实际创造的许多典型战术，比如游击战、夜袭战、麻雀战、夺粮战、地雷战等，还涌现出了一大批可歌可泣的英雄人物，有名有姓的战斗英雄有 120 多人，刘开基、宋乃德、董老人（郭俊卿）、胡奋之、朱秀芝等党员干部，还有李学孟、张法中、郭正中等民兵队长，贺逢光、余文海、任彦等神枪手，造雷大王李德昌等，一大批抗日英雄在党的一元化领导下和敌人展开殊死搏斗。两年半期间，沁源遭受了残酷的扫荡，但沁源人用鲜血和生命铸就了“决死斗争、坚强不屈”的围困战精神，全县 8 万人，参军死伤流失 3 万多人。县城路边的民房几乎全被烧毁，失去了亲人，失去了家园，但“没有一个汉奸，没有成立起一个维持会”，宁死不屈，坚贞顽强的精神成为后代学习敬仰的丰碑，是激励后人奋发图强的旗帜。沁源围困战，斗争规模之大，持续时间之长，斗争范围之广，斗争形式之残酷，牺牲人数之众多，在世界反法西斯战场上都是空前的，是中外战争史上的奇迹，被称赞为“英雄的人民，英雄的城”。《解放日报》先后发表 100 多篇关于沁源围困战的报道，极大地鼓舞了全国抗战的士气，还向全国发表《向沁源军民致敬》的社论：

模范的沁源，坚强不屈的沁源，是太岳抗日根据地的一面旗帜，是敌后抗战中的模范典型之一。我们向沁源致敬，祝沁源军民保持这光荣的地位。沁源军民更加团结起来，在共产党的领导下，你们将无敌不催。

碛口古韵

碛口，像一曲雄壮的黄河号子，一直召唤着我，在身边文友摄友滔滔不绝的赞美声中，终于成行。独立碛口古镇尘土飞扬的路上，面对浩浩荡荡混浊的黄河水，思绪万千，黄河水，黄河情，千丝万缕，饱满丰厚，延绵不绝，背后层叠的窑洞，承载着久远的黄土谣，任尔东南西北风，吹不散黄土地的风骨和坚韧。再看此情此景，今人今事，时间会把一切变成过往，一如黄河之水，不停歇地疾走，奔流，逝去——唯有厚重的黄河风韵源远流长。

很多次见到黄河，但大都是匆匆而过，远远一瞥，今天终于站在了黄河岸边，听到了滔滔水声，闻到了黄土气息，但心情和先前的憧憬稍微有一点落差。也许太多的感知来自壶口黄河奔腾壮观的印象，来自船来船往的繁荣，来自悠扬的船工号子，眼前的黄河水坦坦荡荡，不慌不忙，400 多米宽的河面，偶尔夹杂一些杂物，相拥而去。这场景使我想起小时候。每当大的雷雨过后，村前的河道里就会有洪水泻下，全村男女老少不约而同向河边走去，那条涓涓小溪，顷刻被咆哮的洪水取代，记忆中使人震撼的声响和气势，比眼前的黄河水要壮观许多，心情的落差也许就源于此吧。

在碛口古镇就餐的路边，放眼不足百米远的地方才见浪花翻滚，那里就是有名的大同碛。黄河水面从 400 多米一下紧缩为 80 多米，因为堆积的暗礁和落差成为险滩，成为船运改道陆运的开始，也正是这个险滩，造就了碛口的商贸繁荣，使碛口成为“水旱码头小都会，九曲黄河第一镇”，成为商贾云集地。据介绍，有些院子的院墙石头之间的缝隙都是用银元和小钱填充，可见这里曾经的富有和奢侈，今天的土豪也只能自叹弗如了。邮局、税务、票号、妓院，二道街，三道街，七拐八转十八道弯，卧龙山下，本来就是黄河水道，却硬生生被这些建筑和商人挤出一个灯红酒绿的镇，一个财富的聚集地。青石、大瓮、油篓子、饮马槽，石砌的街道，宽窄不一的巷子，抹在墙上的油垢，孤寂落寞的饮马槽，似见穿梭其间人影绰绰，河道里排满来往船只，岸上不见头尾的驼队，挥汗如雨的船工，谈笑自如的商贾。有商机且能创造财富，就是男人的天堂，哪管尘土飞扬，住宿简陋，环境恶劣。但男人无论拼体力还是赛智商，积累的财富，最终都要归于家的建设，在距离碛口不远的西湾，就是家眷的居住地。

这里的建筑相比碛口就显得豪华多了，院落依山而建，层叠的窑洞就是豪华的别墅楼宇。家眷的居所，商谈的会客厅，小姐的绣楼，砖雕木刻，应有尽有，极尽奢华。

这里的村落都是依山傍势，窑洞层层叠加，错落有致，院里院外处处是结满果实的枣树，400 多年的老树风骨犹存，像小灯笼一样挂满红彤彤的大枣。在这里的大姓商家，家大业大，一家就是一个村，真可谓：村是一座院，院是一山村。

“我家住在黄土高坡，四季风从坡上刮过，不管是八百年还是一万年……”这首曾经刮过神州大地的黄土高歌，又一次回响在耳畔，脚下飞扬的黄土，眼前土圪梁上的庄稼，还有错落的窑洞，浓郁的黄土风情，纯朴的百姓人家。

这次出行，给我留下深刻印象的是李家山。

这里远离喧嚣和繁华，仍然保持着纯朴和静寂。李家山形似凤凰，民居依凤身、两翼而建，错落有致地分布于近 70 度的山坡上，构成了极具视觉震撼力的效果。错落在两翼上的土窑洞，有四五层，东财主院，西财主院，现物是人非，院落依存，只是主人换了。东财主院破败，只有一十八多岁的老人独居，老人个子高大，性格豪爽，嗓音高亢，见到来客热情招呼，还能随口唱一些“走西口”之类的民歌，声情并茂，羊肚子毛巾裹在头上，旱烟袋挂在脖子上，白色的汗衫和手工做的布鞋，一副陕北汉子的打扮。西财主院，就不一样了，干净的院落，被财主的后人开发成了接待游客的旅馆，住在窑洞里，围在院里的桌子前，吃农家菜肴，虽不丰盛，但别具风格。李家山距离碛口只七、八里的路程，可山上的老人有的竟然一辈子没有到过碛口，一辈子就在这山旮旯里，还充实愉快，还心满意足，这些倔强顽强的黄土人，祖祖辈辈脚踩石板路，世世代代生息于斯，这道土圪梁被大风吹得光秃秃七零八落，这些石板路经天长日久的踩踏变得塌陷光滑。

这就是黄土人的风骨所在，偏居一隅，淳朴自然，宁静和谐，成为吸引外界的魔力。

如今背包客和旅游团给这里带来一缕新风，来客欣赏着窑洞前随便坐在石阶上的人，惊叹这些层叠的窑洞，这里没有尾气，没有水泥，没有灯红酒绿，没有浮躁，原生态才是人类最佳的归宿。

这里的独特不只是人，更吸引人的是窑洞建筑。

这些窑洞错落有致，层叠在沟沟岔岔，这里几乎没有平坦开阔的土地，人们只能利用地势建设家园，也正因此而形成了独特的风格。画家吴冠中先生曾经在这里创作，还留下了一段引人深思的话语，他说："李家山从外部看像一座荒凉的汉墓，一进去是很古老讲究的窑洞，古村相对封闭，像与世隔绝的桃花源，这样的村子，这样的房子，走遍全世界都很难找到。”如今这里已经成为画家写生，摄影爱好者的创作基地。

此行脚上沾满了黄土，心里也填满了黄土情。黄土地，黄河水，是我们生养的根基，这片热土，不管是八百年还是一万年，都将成为我们永远唱不完的歌，粗犷、质朴、豪放……

一壶收

壶口就在不远的地方，一直挂在嘴边，却一直没能成行。当今信息时代，虽未亲眼见到，但它的宣传语、它的图片、它的景致已深深地烙在脑海。黄河水在这里汇聚，以排山倒海之势倾倒进一个漩涡，浪花喷溅到空中，非常壮观。这就是我——没有到过壶口的人对它的概念。

今天，几个爱好摄影的朋友终于一致同意到壶口看冰挂。今冬无雪，成了北方人的心病，白天的气温总是徘徊在零度以上，人们在温暖如春的冬天，没有感激温暖，却无限期盼着：下雪吧！什么时候下雪呢？北方冬季不能没有雪，北方人不能在冬天看不到雪，没有雪的冬天，似乎缺少了什么。不记得谁说过一句这样的话：没有雪的冬天都是耍流氓！也只有北方的人对雪这么情有独钟。

为赶路起个大早，六点半，车外还不是很透亮，衬着车的灯光，隔着前玻璃窗，隐隐约约有雪花飘落，这可真是一个惊喜。车上的人一扫早起的睡意，一下来了精神，热烈地讨论这久违的雪花。

雪不大，零零星星地敲打着玻璃，也敲打着我们的心脏。终于下雪了，在立春之前。终于没有让这冬季单调到没有雪花，在即将逝去的季节。兴奋还没来得及停止，疑虑接踵而来。这样的天气，壶口会是什么样子，这样的光线，拍出的片子会成什么样子。但已经决定的事情，不能半途而废，而且摄影人都坚信，越是恶劣的天气越有奇景。都期盼雪中的壶口瀑布会是另一番美景，没有一个人担忧天气。汽车急匆匆向前冲，似乎也在急切地想看到雪中的壶口。

天大亮了，哦，雪花不见了，路面上有些许白，原来迟迟不来的雪花仍然羞羞答答，躲躲闪闪，悄悄地在人们的睡梦中下来探了探路。不下也好，至少今天不要下，最好是天上的云也散开，给太阳一个机会，恩惠一下我们这些早起的人。

走了大约四个小时，终于来到了壶口。壶口本是自然形成，却成为人们的工具，成为一处开发的风景区。还不到目的地，远远的路两边就有了路标、风景告示牌、酒店、停车场、气派的景区门楼。

因为有当地的朋友过来接应，我们在景区门前停车等待。远远瞭望河道，几乎不见水，干涸的沙地和裸露的岩石，据说在雨水充沛期，河槽会被奔腾的黄河水挤满。去年先到碛口，后又到银川，不同地域都看到了黄河，在银川的沙坡头，黄河水乌泱泱奔泻而来，河道很宽，河水混浊黑稠，似乎那才是真正的黄河水，而在碛口看到的黄河水虽然还是浑黄不清，但似乎通过沉淀河水稀薄轻快了。不知道壶口的黄河水又会是什么样子。终于等来了朋友，我们急不可待地进入景区，天气依然灰蒙蒙一片，但耳畔传来的巨大水声诱惑更大。黄河把山西和陕西一分为二，站在两岸的观光客，这边是山西人，对岸是陕西人，两岸人隔河相望，河是分水岭，是屏障。

震撼！看到壶口瀑布第一眼感觉就只能用这两个字来形容了。

水声极大，两岸白茫茫厚实的冰，以不同的形状、姿态，吸引着天南海北慕名前来的游人。因为岸边被冰覆盖，“锅”更小了！壶口瀑布无论春夏秋冬都拥有奇特的景象。在不到 500 米距离内，河面从 300 米的宽度，突然缩至 20—30 米，1000 立方米/秒的黄泥水，从 20 米高的陡崖上一泻而下，形成“千里黄河一壶收”的豪迈气概。

走近，又一次被震撼。滔滔黄河水，激流澎湃，浊浪翻天，水沫飞溅，云雾迷蒙。站很远，就会有水雾喷溅到脸颊。站很远，就会被狂涛怒吼的声响包围，排山倒海，声震数里。水，再不是“温柔似水”的概念了，这里的水和温柔没有任何关联，这里的水只有雄壮威猛，还很张狂。

壶口瀑布处于秦晋峡谷的南段，河西属陕西省宜川县，河东与山西省吉县相连。我们的对岸陕西地段高于这边，人们站在高高的冰山上，距离真正的壶口远一些，我们几乎深入到了壶口的核心，穿过地下洞口，直接就来到了河边，水花四溅，扑打在你的身上、脸上，人们被水花调戏着嬉笑着退回。四周全是冰墙、冰柱、冰塔，形态各异，玲珑剔透，冬天白色冰天里的壶口，更有韵味，更有姿色。

“源出昆仑衍大流，玉关九转一壶收”，明代惠世扬这样描述壶口。壶口瀑布吸引着古往今来的游客驻足观赏，但无论怎样的赞誉都不为过，壶口真的是一处震撼人心的奇景，大自然的鬼斧神工，人类的福泽天成。

一路向西

——2014 年国庆长假银川之行

金秋十月，盼来了国庆长假。随着出行的人流大军，我们出发了，这次出行的目的地是宁夏回族自治区的银川。

从小在山里长大，心里向往的就是能到达浩瀚的大海边，在一望无际的海上，乘坐游轮吹吹海风，嗅嗅微咸的海味，仰望翱翔的海鸥，那无边无际的辽阔成为梦萦魂牵的向往。后来走过很多地方，在国内见到了渤海、东海，到澳大利亚见到了太平洋，海洋的浩渺博大使人心情宽广。激动之余，美梦又被沙漠掩埋，很想长袍裹身，纱巾蒙面，像侠客一样坐在骆驼的背上，走在荒无人烟的沙漠里，沙尘落满衣衫，坐观日落日出，体验饥饿和干渴，甚至绝望和死亡。是啊，曾几何时沙漠给予我的印象就是这些，比起大海它缺少包容和善良，没有绿色，更奢谈娇嫩的花朵，唯有茫然和迷惑。宁夏，在脑海里定格的概念就是一望无际的大漠，但一睹大漠风采的急迫心情，一直催促着我，一定要走进沙漠，躺在沙漠里感受一番。

整整一天的路程，因为路上堵车耽搁了将近三个小时，到达银川的时候已经是晚上十一点多，“人疲肚饿”到二十四小时营业的仙鹤楼吃一些简单的饭菜。仙鹤楼里人声鼎沸，服务员端着盘子一溜小跑，都满足不了急切等待的就餐者……仙鹤楼仿佛是专为旅游的人准备的，南来北往的人来去匆匆，半夜三更，顾不上讲究，也只能凑合了。虽然已经将近晚上十二点，但找个空桌还是有点难。我们穿梭其间，才见一个刚刚吃过饭的桌子，桌上杯盘狼藉，吆喝服务人员赶紧收拾，因为我们也确实饥肠辘辘了，再加上弥漫的饭菜味，更激活了饥饿感。刚落座没多长时间，就听到吧台附近有声音，然后就看到一个打扫卫生的大妈手里拿着扫把有些激烈地指导着服务生做事。服务生是个男孩，他急切地想解释，却胆怯得像一只猫咪。邻桌还有六七个二十岁左右的男孩子，抡着胳膊划拳过酒。外甥女只有七岁，她愣愣地、似乎有点胆怯地瞪着大眼睛看着妈妈一声不吭。我们匆匆吃过就赶紧离开了。

姐姐的一个朋友给我们预定了酒店，还非常周到地给安排了导游和车辆。我们一行十二人，开着三辆车，现在变成一辆车，轻车简从，非常方便。

按照我们事先商量好的游览路线，第一站先到位于银川市西北56公里平罗县境内的沙湖风景区。沙湖是国家首批5A级景区，中国35个王牌景点之一，拥有万亩水域、五千亩沙丘、两千亩芦苇、千亩荷池，盛产鱼类、鸟类，这里栖居着白鹤、黑鹤、天鹅等数十种珍鸟奇禽。以自然景观为主体，是一处融江南水乡与大漠风光为一体的生态旅游景区。“金沙、碧水、翠苇、飞鸟、游鱼、远山、彩荷”几大景源有机结合，构成独具特色的秀丽景观。

面对沙湖，曾经对银川大漠荒凉的印象荡然无存，这里有一眼望不到边的湖水，还有茂盛的芦苇荡，有翱翔翩跹的飞鸟，更有源源不断的人流，美景吸引着天南地北的人，这里是真正的“塞上江南”。

坐在沙湖的游船上，向对面的沙漠出发，满眼全是墨绿带黄的芦苇。听导游介绍，现在的芦苇因为沙湖水质污染，已经远不如前了。以前是茂盛连片的，现在是一簇一簇的，不过当地政府已经开始着手治理，继续引进黄河水来优化沙湖水质。走下游船，踏上绵软的沙子，感觉非常奇特，可惜人太多，小小的沙丘上散满了人，我们没有去凑热闹，直接到了湿地博物馆。

中午，在沙湖用餐，品尝了沙湖的白条鱼之后，就出发到下一个景点——宁夏银川镇北堡西部影视城。

影视城全国各地有很多，但这个影视城因为它的发现者、挖掘者、管理者是著名作家张贤亮而出名。他发现了奇迹，同时也创造了奇迹。他最经典的一句话就是“出卖荒凉”，正是这份荒凉成为影视剧不可或缺的场景。在张贤亮的挖掘建设下，影视城规模宏大，一条老银川街，把城分成明城和清城两部分。我们到达影视城时已经是下午3点多，进城参观了银川街之后，就刮起了大风。顷刻，整个影视城飞尘扬土，黄沙落到所有人身上、脸上、头发上，每个人都像刚刚排演完电视剧一样，往出走时，看到大门上书写着一行字“进来是一个游客，出去是一个明星”，突然有了一种很特别很自豪的感觉，灰尘满身的烦恼一扫而光。

今天的天气很特殊，一会儿晴一会儿乌云密布，在沙湖时还下起了雨，不过连地皮都没有下湿就停了。从影视城出来，天边的云彩旋风般呈现出来，我不失时机地拿出相机咔嚓咔嚓地拍了起来，一面面旗子在土城墙上迎风招展，一块块陀螺样的云彩正旋转在城门上，一弯明月挂在天空，夜幕即将降临。素不相识的司机师傅非常热情地一个劲地说：“多拍两张，难得的好风景。”是啊，难得师傅的那份热情，难得的好景致！

接下来的行程更吸引人，我们要去毗邻宁夏的甘肃，到腾格里大沙漠的水梢子景点，怀着像小孩子一样无比激动的心情上路了，因为路途远一些，我们早上六点就出发了，上车后导游善解人意地说：“路还很远，大家可以补补觉。”于是我们有的补觉，有的小声说话，有的默默欣赏窗外的风景。

大约十点多，我们来到了水梢子景点，这里不要门票，都是一些玩的项目。有沙漠冲浪、开摩托车、骑骆驼、骑马、滑沙等。我们买了260元的通票，所有项目都通通玩一遍。印象最为深刻的是沙漠冲浪，刺激、惊险，还有就是坐在摇摇晃晃的骆驼背上，感受沙漠之舟的不易。这里的骆驼一定没有成就感，它们不是驮着必需品在沙漠的深处行走，而是不停地跪下起立，不停地在固定的沙丘边上转圈，就像拉磨的驴一样，不停地劳作，却没有前进一步。我在兴奋之余，突然同情起这些可怜的骆驼。还有那些小马，娇小的身躯驮着大大小小的游客，有时甚至被肥胖的大叔压得歪歪扭扭，这些动物被人们用来做赚钱的工具，它们没有自由，也许唯一的成就就是每天经历不同的人，男女老少，不同语言，不同肤色，也算见过世面了。

结束水梢子的游玩，我们又赶到宁夏最出名的景区沙坡头，因为玩的项目在水梢子都已经玩过，因此进入沙坡头，就是一饱眼福。

这里的黄河水与先前到碛口看到的黄河水截然不同，

我觉得这才应该是真正的黄河，河水混浊泛着黑光，河面上不断有羊皮筏子漂过，很是壮观。我们沿着观光电梯直接上到最高处，看身前的黄河湾和身后的腾格里沙漠。

旅游，过多地玩耍项目，不停地拍照，其实都是误区，更多的应该静静地欣赏，感受异域风情的冲击力。

第三天的行程是最轻松的，上午到中华回乡文化园，学习发展史和相关习俗信仰等。然后我们到了水洞沟景区。这里有400多年的藏兵洞，在洞里穿梭，到处是机关，可以看出古人的精明和防范意识之强。出来后看了旧石器时代古人类的居住地，那些被还原的茅草屋和装扮成原始人的现代人。她们身上搭着动物的毛皮，手里磨着石头，表演打火的场景。她们有时会发出清脆的笑声，也会回答游人的提问，配合着让游客拍照，这是她们的工作。高高的土崖前有一条河，居住地高高隆起且平坦，阳光充足，确实是个居家的好地方。祖先能找到这样一块向阳的土台，又能方便取水，一定费了很大的周折。然后到人类进化博物馆，听工作人员讲解人类的进化史，还亲身体验山崩地裂、地震等沧海桑田的地质巨变，感觉很奇特，也很奇妙。人从哪里来？祖先的足迹告诉你，生活多么不易，能有今天的现代文明更不是一朝一夕能够实现，我们都应该珍惜。

三天的行程丰富而快乐，大江南北，风采各异，不同的地域展现不同的风格，水有灵气，山有气魄，沙漠自有它独特的风骨。银川，改变了我对宁夏的看法，“塞上江南”名副其实。

天鹅情话

2017 年 12 月 2 日，我们一行 9 人起个大早开车前往山西运城平陆县，去实现一睹天鹅风采的梦想。

说起梦想，天鹅在我的脑海里一直是圣洁的象征，她的洁白，她的高雅，就是一个想象无法抵达的童话。

小时候村里好多家庭都喂养着几只鸭子和一群鸡，是真正的鸡鸭满院。鸭子的食量大，好像永远吃不饱，嘎嘎嘎地叫着与鸡争食，鸭子体格大且性情粗野，善良的母鸡真不是对手，鸭子看到食物又叫又抢奋不顾身的样子，连小孩子都得退却。母亲看着贪吃的鸭子一脸嫌弃，随手拿起扫把追赶鸭子到很远，然后不放心强盗般的鸭子再次返回，就凶巴巴地站在那里像一堵墙把鸡鸭隔开，鸭子嘎嘎嘎地乱叫急得团团转，母鸡心安理得地吃。母亲的偏心是有原因的，母鸡吃饱能下好多鸡蛋改善生活，而鸭子每年产蛋很少还是个吃不饱。鸭子下蛋总是要等到春天河里的冰融化了，小鱼小虾在溪水里穿梭时，鸭子们扑腾着下河逮鱼虾吃，不用多长时间就开始下蛋了。那时候我最不情愿的一件事就是每天早上赶着鸭子往河里送，说起来从村里到河边就有唯一的一条路且不远，可鸭子晃着肥胖的身子七拐八拐，总把我累得气喘吁吁，看着摇头晃脑的花褐色羽毛的鸭子，心里顿时产生一种厌恶。

我们居住的地方是山区，喜欢天空和纯净水域的天鹅很少光顾，家鹅倒是见过不少，羽毛白色，嘴巴鹅黄，目光犀利，性情急躁，尤其是看到陌生人，比看家狗还要凶猛，因此我也不喜欢它们。心里一直向往着能看到真正的善良的白天鹅。

平陆的天鹅是远方的客人。

它们成群结队从遥远寒冷的西伯利亚飞来过冬。为了满足自己摄影的爱好，为了捕捉太阳升起的刹那间的美景，早晨六点半就出发了，根据当地的预报日出时间是七点二十分，但赶早不赶晚，能等候不错过，这是经验。冬日的早晨是偷懒的孩子，总是不愿睁开睡意蒙眬的眼。到达目的地——三湾村大天鹅风景区时，天还没有大亮，右边是陡立肃穆的山，左边灰蒙蒙的，看不清是庄稼地还是其他的什么。正纳闷，到底要去哪里才能看到天鹅呢？正好有一群人从村里出来，急忙摇下玻璃问道：朋友，到哪里看天鹅？他们说着纯正的普通话，一听就是外地的客人。其中一位女士回答道：跟着老乡走。确实，队伍的最前面有一个穿戴和他们截然不同的年老者，看来，他就是“老乡”了。有了目标心里就有了底。经过风景区大门沿着台阶下到平整的地面，忽高忽低的鸣叫声传来，在寂静的早晨仿佛起床的号角。我立刻兴奋起来，走路的脚步加快了。梦想中的白天鹅就在不远处。景区为了方便人们近距离的观鸟，沿着湖边设了三个观鸟台。这个点出来的几乎都是扛着长枪短炮的摄影人。我和他们一样都是为了捕捉第一缕阳光。见到一位清洁工，问询该去哪里拍摄？她只说了一句话：人多的地方鸟就多。那还等什么！就到人多的地方。几乎是一路小跑，奔向第一观景台，因为那里聚集的人最多。

东方已经泛白，但距离太阳露头还早着呢，循着越来越清晰抑扬顿挫的天鹅的鸣叫，我终于看到了高傲圣洁的白天鹅，一只、两只、三只——太多了，整个观景台的周围全是白天鹅。令人惊奇的是这些从远方来的客人竟然一点也不胆怯，距离一米远都能心安理得悠闲自在地梳理羽毛，给拍摄者摆出不同的姿态，真是一副和谐的画卷。

走近才看到，天鹅的羽毛不是清一色的白，只有成年天鹅的羽毛才是纯白无瑕，年幼的是微带灰褐色的，有杂纹，天鹅直到满两岁以上羽毛才变成纯白色。根据介绍，白天鹅的寿命很长，自然野生的白天鹅寿命达 20 多年，而人工喂养的可以长达50年左右。想想这些天鹅，从遥远的西伯利亚长途跋涉，完成一年一度大迁徙，它们俯瞰了多少美丽的风景，群山、江河、林地、沙漠，城市……再想想二十多年的相爱相守中，它们从恋爱、结婚、生子，经历了怎样丰富的生命历程。它们天生携带一种神奇的生命密码，是遵循磁场感应还是根据天体位置确定方向飞来飞去，我没有研究，只知道，它们每年沿着同一路线在同一个时间成群结队飞越几千里而来，不得不惊讶大自然的神奇。

白天鹅也叫大天鹅，是飞高冠军，难以想象体格这么庞大的鸟竟然能飞上万米高空。它们飞起来能越过世界最高峰——珠穆朗玛峰。近距离观看，眼前的白天鹅颠覆了对“鸟”的认识，身长1米以上，体重6千多克，这还是天真灵动在树叶下钻来钻去的“鸟”吗？

很早就从书本上知道天鹅是自然界中感情最专一的鸟类之一，它们始终保持着忠贞不渝的“终身伴侣制”。无论取食还是休息都成双成对，互相关注，互相爱惜。是啊，看湖面上的一对对，它们互对着放声高歌，是在聊天说情话呢，还有的伸长脖子，相互梳理羽毛，神态安详，毫无顾忌地表达爱意。自然的就是纯真的，刻意的就隐藏了虚假。大天鹅回到西伯利亚以后才产蛋，到了排卵期，雌天鹅产蛋孵化，雄天鹅在身旁守候，遇到情况就会拍打翅膀毫不畏惧地迎战。倘若一只天鹅死亡，另一只就会终身“守节”，孤独地生活下去直到死亡。天鹅的纯情一直是忠贞爱情的象征。

东方终于泛红，但厚厚的浓雾仿佛一股妖气不肯散开，太阳的光芒只有愈来愈强烈后才能穿刺过来，波光粼粼的湖面，像撒下一把碎银一样亮光闪烁。那红色的粼光映衬着白色的天鹅，它们高傲地举着头，优美弯曲的颈项，圆溜溜的眼睛，红色长喙上滴着水珠，似一颗颗晶莹珍珠跌落水面。在红色光束下，湖面就是一个天然大舞台，白天鹅是正在翩翩起舞的舞者。它们互相爱抚，互相追逐，悠闲地在湖面游弋，有的倒栽在水面下捕食，半个身子露在外面，有的调皮地在群里打闹溅起阵阵水花。偶尔看到两三只要起航的天鹅，把平静的水面当成航道要助跑好长一段距离才能起飞，像飞机，对了，飞机就是根据鸟的习性研究而来的。

晨曦下，这个拥有帷幕、灯光、音乐、舞者的大舞台，正在上演一曲白天鹅的爱情进行曲，我们留恋着不想离去，不愿离开这温馨的画面。快中午了，好多天鹅也开始休息，把头深深埋在丰满羽毛的翅膀下，水面很平静，天鹅睡着了。

再见了，花坡

花坡，因漫山遍野的野花披覆在和缓的山体上而成名，相传隋朝末年唐王李世民率军到此地后，但见山顶趋于平缓，不见树木，只有一泻而下没过膝盖的青草，还有那不知名的野花团团簇拥，姹紫嫣红，不是一朵两朵，而是成团连片，不禁发出惊叹：好一个花坡！

花坡因此而得名。

住在沁河源头，花坡脚下，近水楼台先得月，无数次去过花坡，每次都会有不一样的惊讶和心境，花坡有一种神奇的力量时刻吸引召唤着我，乘着凉爽的微风看花赏花嗅花，别有一番风味，这与在玫瑰园牡丹园中赏花是截然不同的两种感觉。

花坡是我心目中的草原，以蔓上草地为中心，周围面积一万余亩，属典型的亚高山草甸之一，这里没有高大的森林，没有茂密的灌木，只有茵茵绿草和盛开的花朵，山顶上的平川，高山上的草原，草原上的花园，真可谓独一无二的花坡。

到花坡不能不看云。花坡平均海拔在2000米以上，是太岳山的主峰之一，具有高原气候特征。到了山顶，放眼望去，四周连绵不断的群山朦朦胧胧，仿佛自己是投入湖中的石子，群山犹如荡起的涟漪，向四周一圈圈散开，近的青黛，远的墨绿，一层薄雾笼罩其上，似乎给群山披上了纱衣。花坡的天总是那样晴好，那样湛蓝，天上的云彩悠闲飘逸，变化多端。从不见花坡的天被太阳炙烤得苍白荒凉无力，它总是蓝莹莹一尘不染，那云也是洁白如棉，千变万化，在天空这个辽阔的大舞台自由演绎。一会儿轻歌曼舞，一会儿万马奔腾。有时是一团一团的棉球铺展着，犹如仙女散花般从天而降；有时是一瀑一瀑的瀑布倾泻着，仿佛仙童在晾晒刚刚清洗干净的纱衣；有时或有黑云压来，立在山巅，似乎举手就能摸到，像雾一样笼罩在四周，顷刻就会有雨珠落下，清洗着青草和野花，雨滴扑打起来的花香弥漫，和着细雨，和着微风，这些香雾笼罩在山顶，一切都在朦胧和迷香之中。

花坡的风总是那么清凉，微微拂过面颊，给山下被热浪和高温烘烤着的人们带来丝丝凉意，和天高云淡的惬意。这里永远是清凉的世界。头顶的太阳高悬，光线依然热烈，但花坡特有的海拔和自然条件，使它从不会被太阳烧烤，它自有保护山草和花朵的高招。风不仅清凉，而且还鼓舞着妖娆绽放的花朵一起舞蹈起来，各种形态不同颜色的花开始交头接耳，亭亭玉立的花儿更显风流，那纤纤细腰扭动着发出咯吱咯吱的声响，各种青草也发出唰唰的声音，整个山体涌动起来，花坡有了生机和活力。

花坡是花的海洋。花坡的花是大自然的绝妙之笔，各种各样的花，在不同的时间竞相开放，这里的花期只有四个月。首先是一些白色的小花漫山开来，其间偶尔夹杂几朵黄色的花，少有的红花在这个时期是稀客，她就是芬芳吐艳的皇后，被嫩绿和洁白簇拥着，骄傲着。随着时间的推移，温度的提升，花的颜色丰富起来，妖娆的黄花成了主角。黄色的花品种很多，每种花都透露着华贵和富有。我喜欢黄花的富贵。盛夏不仅是温度的制高点，也是一年四季的高潮，是最丰富的季节。五颜六色的花都集中在了这个季节，红的，黄的，紫的，兰的……不知名的花品种达 120 多种，这么多品种的花都是野生野长，没有人去护理，没有人去施肥，她们兀自娇艳明媚，也许是上苍为弥补草甸颜色的单一特意赏赐，五颜六色，色彩斑斓。

花坡以她自己的方式自然地生存着，那些绚丽芬芳的花吸引了人们的热情，给来到这里的人们一个个惊喜和赞叹。是宝地，但她不是世外桃源，几年前人们看上这里的风，风力发电作为一种清洁可再生永不枯竭的能源被人类青睐，于是一座座风力发电机组在花坡高高矗立。风机的风轮像针像刺一样直插云霄，风车旋转，风向改变，原本安静祥和的花坡小气候正在改变，那层薄薄的珍贵的土壤上，青草渐次枯萎，一年比一年低矮，花儿也无精打采。

今年 7 月份我又一次急不可待地来到花坡，想再一次领略花坡成千上万朵花的美丽和芳香。但上了花坡的蔓上，蔓上是花草最茂盛最集中的地方，眼前的情境却使我目瞪口呆，蔓上原本姹紫嫣红的花朵竟然一夜之间全部消失了。这里发生了怎样的变故？我使劲揉揉眼，怀疑是不是自己的眼睛出了问题，在同伴的哀叹声中，我确认了眼前的事实。花朵在她们最富饶盛开的季节不见了，一群羊撒满半个山头，这些骄傲的花朵，这些高贵的花朵，已经成为羊儿的美食，我们的失落不亚于失去了自己最珍贵的东西，或义愤填膺，或骂声不断，或悲叹哀悯，或……

再见了，花坡，没有了花的花坡是多么孤单和凄惨，我心目中高贵美丽的花坡，也许明年你会再次绽放，那我们约定明年相见；再见了，花坡，我含泪向你告别，并把愤怒的目光投向羊群；再见了，花坡，我哽咽难言。但愿，明年还我一个绚烂的花坡！

行走七里峪

迎着瑟瑟的秋风，踩着飘零的落叶，我们出发了。

国庆长假是身心的休憩，难得有 8 天可以自由支配时间，许多人很早就有了出行计划，更由于高速路不收费利好政策的刺激，还没有放假，就开始酝酿路线准备出行了。

我是一个极喜欢热闹的人，但想想人山人海的景点，内急还在排队，行走如蚂蚁爬的焦急和等待，我的身体器官有一个最敏感最具反抗精神的就是嘴角的火泡，心急上火百分之百会爆发，迅速生成的火泡一年会出现无数次，我脆弱的心情也会在无数次的折磨中愈来愈坏。说来真是奇怪，磨砺会使事物变得平和，而心情却是如此异常，不仅没有磨去棱角反而变得越来越锋利，绞割着肌肉和血管生疼，我确定这是我的癌。

人是具有两面性的，尤其是我，喜欢热闹的同时也喜欢一个人安安静静，尤喜一个人不发一丝声音不要外界任何打扰地看窗外的蓝天或者偶尔掠过的飞鸟，有时喜欢漫无目的地行走在无人的小路，这时就会感觉心情舒畅、爽快自由。

放假了，在亲戚好友几乎全部出动之后，困在屋子里的滋味也清淡得不能继续时，正好如我一样蜗居在家的几个朋友相约到离家不远的深山走走，到人迹最少的地方是我们共同的心声，地球太拥挤了，只要是人类能去的地方都被挤占了，人们总在惊叹人类的伟大，但我总觉得人类太可怕了。

一路上，车里的气氛很是热烈。我的耳朵被挤占着，容不得想其他的事情，我听得懂他们谈论的一切，因为这些不是电视上的热点就是现实生活里深埋着的，或多或少我也在思考，现实中我总是尽量控制，知道的越少越好，也许是我的天性。我不喜欢自己的大脑被遥远的事情挤占，因为心情总会被冲击或义愤填膺或悲哀叹气，然而群居生活的嘈杂使我不能掩住耳朵和眼睛，更不能阻止运转的大脑，总有一些具体的语言和画面侵略进来。我只想单纯，我不愿意和他们的一起兴奋和哀叹，更不愿意让那舞动的手脚和紧锁的眉头破坏我美好的心情。有时候我觉得我真是一名技艺高超的医生，我的癌会被自己控制在适当范围内不会恶化，也许——也许会有治愈的一天。

从车窗蔓延进来的是庄稼成熟的味道，不由得要做一下深呼吸。这种味道我很熟悉。小时候在老家和父母一起收秋，那成熟的庄稼和被秋风扫落的叶子就散发着草香叶香谷香米香。各种茂绿植物的叶子在成熟之后，在风的摇曳下，在轻微霜冻后落在地上，地面的湿气浸润着即将把他们腐烂掉作为田野的肥料时，也散发出近似的气味。还有忙碌了一天装满手推车的红薯和南瓜也散发着秋的味道。沿着崎岖的山路，山上的油松没有因为季节的变化而改变服装，他们的御寒能力是超强的，只有到了严冬才会微调颜色把茂绿变成墨绿，这样就可以安然无恙地度过严寒的侵袭。其他的植物都是娇嫩的，他们在严寒还没有到来之前就开始哭泣凋零了。窗外的美景像电影快进的画面，稍纵即逝飞快推进。“停！停！”朋友急促的喊声伴随着紧急刹车，车里的高谈阔论顷刻停止，司机朋友在停车之后抱怨道：“什么状况，这么紧急！”“看！看！那棵树！”顺着他的指向，不远处有两三棵着了“火”的枫树远离茂密的森林独自燃烧着，司机朋友也一下忘了刚才的惊险，发出连连惊叹：“哦，太美了，太美了！下车！”我们因为爱好摄影，便有了发现美的眼睛，对色彩有一种天生的敏感，一起下车，不顾乱石和荆棘挡道像救火一样奔去。

走出车外顿感清爽。这里的枫树没有成片，稀稀拉拉三两棵，也许正是稀少，更由于那醒目的火红，在这大片的油松世界里显得格外抢眼。

秋是枫的辉煌，在春夏绿色的海洋里淹没其中的它是那么微不足道，而现在它以近乎疯狂的热烈，用烧灼眼睛的红点燃了人们的热情，那么耀眼，远远地就被吸引。

我们在它的身下摆出各种姿势，希冀把自己最美的一面揉进它的美色中。恋恋不舍离开枫树回到公路上，等待还迷恋在树下的朋友时，又一幅收获的画面呈现在眼前。公路悬挂在半山腰，在山下远处穿着蓝色衣服的老农弯腰用力挖掘着成熟的土豆，穿着深色花衣的妇女带着不满三岁的孙子在往筐里拾土豆，远远地看不清他们的脸色，想必一定有笑意堆满脸颊，老人不仅收获着果实更有儿孙绕膝的满足。围绕着收获的土地十几只白色的绵羊正低着头忙碌地吃着，它们吃得那样专注急切仿佛要把所有绿色吃进肚里，唯恐如刀的秋风把绿草吹走。但时间不会停止，秋的脚步走得很急切，清凉的风越刮越冷，枯黄的叶会越来越少。

终于走进山里，驱车来到山下，这里是一个空寂的地方，虽然进行了一定的开发，也只限于道路的修理，其他还保持着原生态。可先于我们还是到达了好多人，由于没有停车场，本来就不宽的路上有一半被车子挤占，比我们先到的朋友不仅停下自己的车还站在路边给我们抢占了一个车位。看看周围的人，大多以家庭为单位，既有老人又有孩子，而且一看就是附近的居民，看来他们也是想来这里找清静的。

我们一行十二人，开始沿着蜿蜒崎岖的山路在树荫遮盖下踩着零落的树叶向山上进发，目的地是“土匪窝”。以前我也来过一次，那是在炎热酷暑的一个星期天想来这里找点清凉，正赶上下了一点小雨，穿得单薄，在阴森的树下竟然有点冷，没有走上去就急匆匆打道回府了。同行的朋友个个兴趣盎然，一边说笑一边分着月饼和水果先垫垫肚子，因为已到了吃饭时间，但人们游性正浓谁也不想吃饭，脚步不停就要登山。

山路弯弯曲曲向上，高大的树木遮阳盖阴，透过树叶的光点闪闪烁烁。在路上经常会有歪倒下来的树干，仿佛被茂密的树林挤压出来，又好像个性不安分的孩子斜着身子要走出队伍。好在修路工人的爱惜，没有把他们的顽皮扼杀并给予了支持，就让他们这样斜在路上，游人只要弯弯腰低低头绕一绕就可以通过，这不仅给上山者一个喘息的机会，也给山路增添了些许情趣。朋友们一路走一路惊叹，并不时把镜头对准画面。秋天的山是大自然神来之笔画出的五彩油画。红黄绿掺杂其中，只绿色的深浅不同就有几十种，点缀在各种绿色中的耀眼的红和妖娆的黄丰富着山体。更有那红艳艳的野果醒目地成熟着，野果的红太过招摇说明它是致命的蛊，因此松鼠等小动物是轻易不敢动它的，也正因为这样才使它们完好地悬挂在树上，直到自衰自落，变为自己的肥料。那些甘甜的棠梨就不这样幸运了，远远就闻到了梨的芳香，低头一看，地上到处是熟透落下的棠梨，但几乎没有一个是完整的，都被啃食得伤痕累累，这些小动物太不珍惜了，这么美味的食物只小吃一口就丢弃一边，也许这正是那些聪明的小动物有意为之，吃剩下的果实在地上会慢慢风干，到严冬季节这些干果就是它们越冬的美餐。棠梨的香味诱惑着唾液，引诱着眼睛找找棠梨树，或许能找到完整的棠梨解解馋。抬头仰望，悬崖上密密匝匝的灌木和各种野生的树木遮挡着，棠梨树湮没其中不见踪影，只能闻着香味失望地继续前行了。队伍里有两个活泼的孩子，一个八岁，一个只有五岁，虽然年龄小，但一直是她们跑在前面领路，八岁的孩子牵着五岁孩子的手在后边大人的吆喝声中像撒欢的小野马回归到大自然，她们不时地惊呼："呀！真好看的叶子！""啊，蚂蚁，妈呀！长腿蜘蛛！"孩子小眼睛大，她们看到了许多我们大人忽略了的事物。五岁的孩子似乎没有听懂"土匪窝"，妈妈一再嘱咐："慢点，慢点！"可她的回应只是"我要看鸟窝"，显然断章取义把"土匪窝"当成了"鸟窝"，但也正是这个对她更具有吸引力。像童话中的故事一样丰富着她的想象，大人们会意地笑着，为她的童真为她的活泼为她的勇敢。上到二三百米后就开始登险路了，在陡峭如钢刀劈就的悬崖上，人们用铁梯子搭了一条通往前方的路，右边是峭壁，左边就是深不见底的深渊。说是当年土匪行走的路，我看一定是后人的演绎，这里不会是路，陡立的石山根本没有可供人攀缘行走的地方，这些云梯也是后人焊接的。踩在悬空的梯子上，狂跳不止的不仅仅是心脏，小腿也不停地哆嗦。但看“鸟窝”心急的孩子竟然不知道害怕，妈妈手心汗津津地拉着她，她却一直想摆脱拉扯，想自己一个人攀爬，真应了那句老话“无知者无畏”。她的认知程度还没有意识到路的危险，不禁使跟在后面的大人汗颜，更为汗颜的是有三个大人在仰望俯瞰讨论商量鼓励再三犹豫后还是退缩了，他们只能原路返回，因为他们表示他们脆弱的心脏无论如何都不能承受那悬浮的云梯，那么窄那么高那么险。还在他们犹豫不决的时候，孩子们已经在大人的搀扶下登上云梯的一半了。

这段云梯很长，陡直上行一段后还要平走二三十米然后再上行。最险的还是开始陡直的一段，走过这段后狂跳的心逐渐平和，腿也不再颤抖，平走的这段终于靠山有了路，脚下踏实了，心也落地了，紧绷的神经松弛下来，才有时间说话，才开始调侃那些原路返回的大人赞扬那个依旧走在最前的孩子。“土匪窝”就在半山稍宽阔一些的地方，说是“窝”一点也不为过，是用石头垒起来低矮的石洞，我手拉孩子们走进“土匪窝”，告诉她这就是我们历经艰险要来看的地方，是“土匪窝”而不是“鸟窝”，她仰起一张满是稚气的小脸问“什么是土匪”，我就用最简单的语言说：“就是在很久以前有个做了坏事的人，怕官府也就是现在的警察捉拿然后悄悄躲藏在这里生活，在这个小房子里吃饭睡觉，你看这么险的路，警察能上来吗？”孩子非常坚定地说：“不能！”我们只站在洞口扫描了几眼，孩子就急不可待地往前赶了，猎奇的心情容不得她停下来。于是我们开始了下山的路。下山的路比较平缓，而且有了刚才的历险，大家都在凯旋的喜悦中说笑起来。这时那几个爱好的摄影的朋友又开始取景拍摄，我们或坐在地上或躺在树上享受惬意。

这就是充分快乐充满刺激的七里峪之行，七里峪壮美丰富，山水掩映成趣，原始的生态附加生动的传说使她充满诱惑，我们约定“下次一定再来”！

走霍州

霍州不远，翻越，过山穿云，一路下行，下到底，就到了。

我无数次路过霍州，远行，辐射到四面八方，却只把霍州作为长途中转，从没专注于她，更没有深入了解，对她，熟悉又陌生。

今年有幸被邀，终于走进，而且是和一群志同道合的文友诗人，霍州在诗人的眼里瞬时浪漫起来。

我们下榻的酒店远离市区，在一条繁忙的公路边安静地伫立着，楼层不高，分前院和后院。前院宽阔简洁，有车辆疾驰而过带来的灰尘，但似乎和公路疾驰而过的喧嚣没有关联，你奔忙着，我自独处，互不干扰。

后院才是主体部分，住宿就在后院，有了前院和楼房这个屏障，也自然屏蔽了聒噪。

一个绿树繁茂生机盎然的生态园呈现在眼前。

院子不大，却种植了数十种树木花卉。正值5月，青果挂满枝头，最喜红色的樱桃鲜艳欲滴，还有各种颜色的鲜花竞相开放。后院有一半的空间是精心打造的。蜿蜒的木质过道栏杆，亭台楼阁，假山，下面是一汪清水，可惜我们去的时候，没有一滴水，倒是一些喷泉的装置裸露并锈迹斑斑。假山有些生硬，石灰的灰白，不够湿润，一眼就能看出的假。旁边的一棵硕大的假桃树，一年四季“开”着鲜艳的桃花，只有色彩，缺少生机。

这是设计者独具匠心为冬季创造的精致，北方的冬季太过苍白和单调。假山、假花，虽然假，但在苍凉的冬季，一抹嫣红足以使沉闷的心情激动了。

就是这样一个地方，依然吸引着女人们，拍照，拍抖音，快乐地大笑，不为身边的景色，只为美好的相遇。无论初见还是老友重逢，搂着抱着扭着，女人永远是一道亮丽的风景，尤其是这些舞文弄墨吟诗作赋的女人，即使不再年轻，也有一股向上向美的激情，她们真的是生来就为创造美的，文字和自身都向外传递着昂扬向上的情愫。远处男人们三三两两站着说话，不时向这边张望。

来一场森林浴

车子继续前行，道路越来越窄，视线越来越窄，一条紧贴着山的路，一条紧傍着山的河，除此，就是两边壁立的山体，和排山倒海的绿。

霍山是中国古代十大名山“五岳五镇”之中镇，自古就有记载，在数不尽的群山中有一个名分，可见它的重要。七里峪景区距霍州市区20公里，在1992年就被确定为国家级森林公园。车子在山里一路向前，移步换景，山势在玻璃窗上划过，像电视里的景象不断变幻。

五月的七里峪，山上所有的树木灌木无一例外披上绿装，眼前一片葱茏，心里一片绿海。

我指着窗外问身边一直看窗外的人问：“你看到了什么?”

他，似睡眼蒙眬，眯着眼看着窗外，飘忽不定地说：“绿。”

“使劲看!”

“绿!”

“往深处看!”

“绿!”

“往时间的深处看!”

另一位女诗人抢着说：“五彩缤纷!”

我不止一次来到七里峪，因为我的家乡就在山那边。七里峪给我的印象不只是五月的绿，更是深秋的彩。

5月的七里峪是绿色的海洋，“天然氧吧”“华北绿肺”

名副其实。这里负氧离子的平均浓度每立方厘米 2300—20000 个，是城市普通室内环境的 400 多倍。在这里，你可以畅快地深呼吸，不由自主地深呼吸，把群山绿色植物散发出的生机一股脑儿吸进肺腑，扩散到全身。立马，你的味蕾活跃起来，你的嗅觉灵敏起来，你的大脑兴奋起来，欣欣然中享受大自然的馈赠，身心无比愉悦和自在。

在这个季节，适合登上海拔 2504.3 米的最高处——五龙鋆，站在高山之巅，临风而立，你能听到头顶的云在嬉闹，群山万物匍匐眼底。在这里，你将不由自主要喊一嗓子，清空从尘世带来的污浊，信天游就在喉间滚动。

俯视，万物臣服，你成了王。

但，这次我们没有登上五龙鋆，对于第一次来七里峪的人来说，没有登顶，是很大的遗憾。

我无数次来到七里峪，无数次流连忘返，忘情于七里峪的山，更钟情于这里的一草一木。

据有关资料，七里峪的珍稀植物有 670 多种，野生珍贵动物 200 余种，可谓天然植物园和野生动物园，被专家称为“生物多样性宝库”。在这里你和大山亲近，和几百种动植物亲近，所有需要你承办的繁杂事务都将抛之脑外。云杉、油松、白皮松、侧柏、橡树，金钱豹、原麝、林麝、褐马鸡、金雕，党参、茯苓、何首乌，木耳、猴头菇、松蘑、蕨菜。在这里，一场森林浴之后，你的眼睛变得干净，身心清净，一尘不染，因为你丢弃了所有后天附加的累赘。

我无数次在深秋来到七里峪。秋天的景致是神来之笔，五彩缤纷的画卷，美不胜收。在一场场秋风的吹拂下，嫩绿的树叶变黄、变红、变紫，如果说绿色下的七里峪是安静温和的，那么秋天的七里峪是热烈、浓妆艳抹，是妖娆的。

有人总结七里峪的美景这样说：春如桃花仙境，夏享中镇清凉，秋赏层林尽染，冬访雪峰冰瀑。我最爱七里峪的秋，因为那才是顶峰，那才是高潮。

这次来，还领略了一棵树的“犟”。在悬崖峭壁之上，一棵红岩松悄然傲立。你无法想象，它如何破石而出，它的根系深深扎在石头里，养分、水分从哪里来，但它分明以十足的茂盛告诉你，它健康蓬勃有足够的养分。我心生敬意凝望这棵奇松。它以无比强大的生命力，固执地生存了几十年、上百年，它的倔强击败了身下的坚硬石头，它任由倔脾气一犟到底。这种犟，是一种逼迫，是生的需求。

十三烈士的忠骨，散落在七里峪深处的三眼窑，深埋在了绿树青草里。抗日战争时期，太岳陆军学校的学员进行战略转移，从沁源辗转来到七里峪深山之中。一群稚气未脱的孩子，最小的只有十六岁。他们还没来得及把所学的战术用到更多战场上，在这里突然遭到围堵，十三名学员命丧深山。

绿色中流淌着红色的血，红绿交映下，既有绿的辽阔，又有红的精神，和谐蕴含伟大。来这里需要用眼睛捕捉绿色，更需要用敬仰感悟伟大。

我从哪里来

我深深迷恋神话。

神话是人类最早的文明，祖先的想象力无比丰富，超越了我们的想象。

在霍州贾村，有一座娲皇庙，初建于明代，后于清同治四年重修。最大的特色是保存完好的悬塑和壁画。

一行人在导游的讲解下一哄而上，一哄而散。呼啦啦挤进一间屋子，呼啦啦走出来。

只有我一个人落在人群的后面。

关于女娲补天、造人的传说，是儿时就听着睡觉的故事，直到小学、大学，不同阶段有不同的解读，但唯一不变的就是寻根。

我从哪里来？从母亲说起，母亲的母亲，一直向上无限推，直推到母亲再没有母亲，就会发出疑问："人从哪里来？"

女娲，创世之母，根据自己的形象用泥捏，用树枝蘸泥甩。这一捏一甩就创造了芸芸众生。

说实话，我不想用科学解释追究人的进化历程，我钟情神话，如果人从神话来，从女娲来，岂不是很美好的起始。

神话是神圣的。

娲皇庙里，一尊尊泥塑栩栩如生，色彩鲜艳，场面震撼。那一幅幅造人、造物、置婚合的场景，会使每一个到访者陷入思考。

我也在思索，甚至忘记了自己是血肉之躯。神话是唯美的，我看到的画面，无论是烧炼五彩石补天，还是斩鳌足立四柱，更有甩泥造人，都散发着无比丰富的想象和勇敢正直善良，美好的寄托，美好的向往，在神话里徐徐道来，那是一个美好的世界。

娲皇庙之东，是清代悬山顶建筑魁星楼，之西为文昌阁高台遗址，之北为清代刘家祠堂、文峰塔，之南为玄帝庙。看来娲皇庙不是孤立的，贾村应该是一个文化的聚集地。

“贾村秀才比驴多。”我不知道为什么要把秀才和驴放在一起比较，原本风马牛不相及的事。但追根溯源，农耕时代，贾村一定有很多驴，作为耕田托运的主力，或者是其他原因，驴在贾村有一定的数量和地位。然，当层出不穷的秀才，一批批涌现时，不知道是因为自豪还是来自周边的嫉妒，竟然留下这样一个带着夸张戏谑的比喻。

随行的人，都拥向魁星阁和状元桥，在状元桥上留影拍照。

女娲、秀才、状元，都留在贾村。

贾村的文化，是值得贾村人骄傲和自豪的，我也为他们自豪。

记忆的印痕

烈日下，我们走在滚烫的地砖上，巍峨的门楼，肃穆的引道。

霍州署，是霍州人最引以为豪的历史遗迹，也印证了曾经的辉煌。

霍州署始建于唐代，现存古建筑为元、明、清古文化遗产，距今1300多年。

矗立在眼前的霍州署是国内唯一保存完整的元代州级衙署，与故宫博物院、河北保定直隶总督署、河南内乡县衙构成了我国从中央到地方的四级古代官僚机关的系列建筑。

在建制上低于故宫博物院，但大堂的建造年代却比故宫早一百多年。

经过后人的保护，在这里，我看到了被古建专家梁思成称赞的“滑稽绝伦的建筑独例”。这是导游说的话，对于我这个建筑学外行来说，至今没有搞清楚其内涵，倒是被它的雄伟高大、古朴典雅而折服。

在大堂里，我试坐了那把代表着权利和地位的椅子，顷刻，感到自己出奇的自卑和渺小。遥想那个久远的年代，能坐这把椅子的人，一定有超常胆识和才华，运筹帷幄间挥斥方遒。

一女诗人，身穿黑色连衣裙，单薄的身材，她跪在大堂上，胆怯地低着头，一个男诗人举起长长的木棍假装责罚。

我们上演的是闹剧，但历史从来是严肃的，这里是法度之地，是发号施令、伸张正义的地方。

栩栩如生的人物蜡像，再现了官员商讨研判重大事件的场景，还有督府后院夫人、公子、小姐的生活状态。那是一段逝去的时光，又是被像我们一样的参观者崇拜、敬仰、追忆的历史片段。

我不知道在祖国广袤的大地上有多少需要记忆的片段，也不知道当下我们所处的时代，在若干年之后，是否也会被列为参观瞻仰的历史记忆。

霍州署，在烈日下愈发记忆深刻。

记忆，总是串联着，既然能被当作府衙所在地，一定和它的地理环境有关，进而缔造了非同寻常的地方文化。

霍州窑，在陈村，是被霍州人引以为豪的记忆。霍窑即彭窑，是古代民窑，兴于元，终于明代。

霍州窑出品的白瓷，胎薄体轻，小巧玲珑，印花图案纤细、秀美，受到宫廷及瓷器专家的青睐。

当时，霍州窑虽是民窑，但因为品质优良而声名远扬，闻名海内外。目前，大英博物馆、上海博物馆、山西博物馆、临汾博物馆都有宋、元、明、清时期生产的瓷器藏品。

可惜，我没有看到这些藏品，在陈村，应该建一个博物馆，让所有来参观的人，目睹它的光彩。

陈村到处林立的高大树木，以及一座座庞大干净的院落，使我感受到历史和久远。

还有沿途看到的制作瓷器的模具，烧制失败的瓷器胚胎，它们还没有变身为瓷，还是一撮坚硬的泥土，它们粗俗笨拙地散乱于地，表明它们还是土，还没有完成变身。

村里，一位研究霍州窑的土专家详细给我们讲解，滔滔不绝的讲述中，能深深感到他对霍州窑的热爱，对家乡的热爱。

陈村东有汾河，西靠吕梁山，先民聪慧，为出产瓷器，利用山坡掏挖山洞用来堆放陶瓷柸件，也正是这些作坊窑成就了霍州窑。

夕阳下，残缺的霍州窑熠熠生辉，那是古老的光芒，灿烂的光芒。

走霍州，一趟精神可以沉淀，也可以张扬的旅程。

2021 年 6 月 1 日

一个念念不忘的地方

人的一生会走很多的路，看很多景，但能使你回味无穷并能津津乐道地向朋友诉说的地方不多，能让你念念不忘且是在心里不愿意和人分享的地方少之又少。这个地方很特别，它触动了你心底最隐秘的部分，这个地方仿佛有约。

我念念不忘的地方有两处，分属不同的地区，它们之间没有联系，风光和地理环境迥异，但它们的名字只差一个字，一个是宁夏的水洞沟，一个是山西沁源县的风洞沟。

2014 年的夏天，我和家人一起去了宁夏。离开山越来越远，离开绿洲越来越远，开始进入一望无际的沙漠，但又似乎距离真正的沙漠还很远，只是沿着边沿地带在行驶，不是想象中一望无边，没有驼队和孤烟，只是偶尔零星的沙蓬草散落，还有人造的树木不成林也不成片。走着走着突然风景大变，成片的水域、成片的树林出现了。

导航提示距离银川很近了。

到达银川，天还不黑，看到的景象真正颠覆了从小固定在脑海中的印象。这里不是不毛之地，是“塞上江南”啊！

在规划的路线里，有一个叫水洞沟的地方，想这个地方一定如它的名字就是有水有沟而已，这样的地方对于在山里长大的我一点都不稀奇。

在导游的带领下先参观了藏兵洞，我对于这些事物不感兴趣，走马观花地惊叹古人的智慧。后来就到了一块说是原始人居住过的地方。这里非常开阔，一块高高的土台，四周是很深的沟。阳光暖暖地能照到每一寸土地，被后人重新修复的茅草屋，据说还有老村长的，有出土的文物为证。为吸引游客当地人还扮演成原始人，穿毛皮衣服，手拿石头敲打着，原始人就这么简单，我只是在门口探探脑袋，大概看了一眼，因为实在没有令人惊讶的元素。但就是这样一个地方，在当时我就感觉无比亲切和温暖，为那一片黄色的土地，那被千万双脚踩踏的瓷实的土路，这样没有硬化的地方在旅游区已经很少了，也许是为了更原味地体现，可这黄土怎么这么熟悉。还有那暖暖的阳光，我能闻到太阳的干净和暖意，立在茅草屋的院子里，仿佛我曾住在这里，而且我的身份一定不是男女主人，我还没有长大，只是一个懵懂的孩子，能感觉到的就是这黄土还有阳光。我在玩泥巴，在暖暖的太阳下。

回来以后，对于水洞沟大部分的情景都忘记了，唯有那黄土和阳光一直萦绕在脑海，仿佛冥冥之中在告知我，我确实在那里生长，也正因此而成为我念念不忘的地方，而且一直想着还需要再去，再去的感受会不会打消我的疑虑，或者加深这种感觉。

家乡沁源县有一个地方叫风洞沟，这个地方原本连接着一个很著名的风景区，可多少年过去了，这个地方一直被雪藏没有开发。我们第一次进去是2016年的秋天。因为听当地人说这道沟里因为很少有人进去，因此一直有蟒蛇出没，所以我们是六七个人一起进山的。我曾亲耳听当地人说有一农夫到沟里砍柴，见有一大树许是被大风刮倒躺在路上的，很粗很大，他拿着斧把一下两下丈量着，斧把就是尺子了，量着量着突然感觉大树动了，定睛一看原来自己丈量的竟是一条蟒蛇。向导老赵说的虽然不像传说那么玄乎，但似乎更让人相信。他说有一次进山，突然感觉头发竖起来，后背冷飕飕，一阵瑟瑟的声音从对面山上传过来。他看见一条黑色的大蛇飞快地前进，所到之处草木自然分开，蛇像傍地飞行。他赶紧一路小跑躲开，但又忍不住好奇，回头看时，那大蛇尾巴还在沟里，但蛇头已经到了对面山上，后来他再也不敢一个人进山了。

风洞沟吸引人的不是蛇，更有很多关于龙母、龙子的故事。龙子对龙母和老和尚下棋一事一直耿耿于怀，想方设法要阻止母亲，要水淹棋盘石，因为棋盘石在半山腰，所以他使用法力把附近五道川的水一起调过来。龙母虽然不怕水，但老和尚是凡人，眼看滚滚而来的大水就要涨上来，龙母取出手帕扔进水里，顷刻间大水被手帕吸走。老和尚见状甚是惊喜，下山捡拾起湿淋淋的手帕，龙母急忙告诫说：不敢拧干！话还没说完，老和尚已经拧干了手帕，从此后原本水源充足的五道川就没水了。龙子一计不成，又生一计，要用两座山来挤压，眼看两山就要挤过来，龙母拔下头上的簪子扔下去，簪子立马变成一块巨石挡在两山之间。这一次彻底激怒了龙母，她对于五龙子的行为非常伤心和悲痛，于是提起龙子猛甩出去，龙子身体四分五裂，龙尾、龙蛋就在风洞沟，当然这只是龙传说的版本之一。

风洞沟鲜有人进来却有着这么丰富的故事。

我在寻觅龙尾时，曾经一个人坐在石头上，暖暖的阳光照在身上，松鼠在林间跳来跳去，小鸟叽叽喳喳地不肯离去也不敢接近，偶尔有树叶落下，竟然能准确地落在我的头发上。我想假如找一个安静的地方，风洞沟应该是最好的去处，安静且而不单调，独处且不孤单。

水洞沟，风洞沟，一直是我念念不忘的地方。

冬趣石口子

很久就听爱好摄影的朋友说石口子是个好去处，好在那峡谷还有那些石头，我也一直想象，那峡谷好就好在钢刀霹雳悬崖峭壁，奇崛险怪否则不会吸引人们的视线，也不足以让人念念不忘；那石头也一定是怪石嶙峋，否则怎么会让人不住地赞叹。

今天终于成行，夏季已经相约去过一次，只是因为半路堵车不得不放弃。现在出游不是最好的季节，初冬的风霜已经把繁华吹散，山野一片萧条荒凉空旷。但好奇还是促成了这次旅行，有摄影的携带长枪短炮，有跑山的背着水壶和望远镜，而且都带足了干粮和水果。因为那是一处未开发的处女地，距离人烟很远，我们大包小包全副武装。虽然比不上专业的探险队，但因为都是一些常年在外跑跳的人，出行的装备和行头还是蛮像样子的。

早晨8点准时从县城出发，经过两个多小时的路程，一路风尘仆仆来到山下。路过一个石料厂，车子就不能前行了，前方弯弯曲曲坎坎坷坷一条羊肠小道蜿蜒而上。我们劲头十足，走下车，呼吸着新鲜的空气，一边说笑一边往山上走去。目标是一个废弃的村庄叫庄王朴，距离下车的地方大约五华里。庄王朴在山后面半山腰，我们一路向山上爬去。转过山梁，眼前逐渐开阔，远处高高低低的山峰已经凸现出来，这里的山确实有势，比起本地其他地方的馒头山，这里的山已经有了峰，发白的山石裸露着，山上有松树和柏树，松树还透着绿意，但柏树就有点娇嫩了，霜冻把原本幽绿的枝叶变成了枯黄，这里的四季是那样的分明，每个节令都是分水岭，毫不含糊。春一到不管空气还怎么冷，地底下的小草就不甘寂寞了，她必然会顶破头顶的泥土探出头来。冬一声令下，即使等不来雪花，寒风也不会放过任何山草树木，它会把一切吹干。山路两边到处是张牙舞爪的山刺玫，我们这里也叫马茹花。这种植物的生命力极其顽强，看着山体上满眼的枝条，就能想见在四五月份，会是怎样的壮观，一定是花的海洋，香气弥漫在山野，香风荡漾，该是怎样的风骚。

说笑间已经隐隐约约看到山凹处有灰色的房顶，只三两间房隐在低洼避风处。其中有一间房还有雕花脊檩，可以看出曾经的主人不仅勤劳还独具匠心。房子的四周层层梯田都变成了荒草披倒在地上，蒿草茂盛可以看出土地的肥沃。由于房屋废弃已久，路也很难走，我们只是远远地把它收在相机里就顺着山路向下走了。因为我们的目的地是石口子，要沿着沟底前进。刚走不久，就在山路上发现了一滴新鲜的血迹，一路往前走，十几步远又发现了。我们开始警觉起来，荒山野岭怎么会有这么新鲜的血迹呢？大家一起研究着血迹的来源，是偶尔经过的猎户受伤了？还是山上的动物受了伤，也许是山猪，听人们介绍说这里的山猪很多，可有人坚定地说：山猪会这么聪明地沿着路走？它早翻山越岭跑了。那一定是人，可滴滴答答的血迹，他是怎么受的伤？莫衷一是！人们已经被眼前景物吸引，咔嚓咔嚓地按着快门。我也只好放弃。走不多远跟在身后的人小声而急促地说："快看，快看！"顺着他的目光，我看到了一只漂亮的动物，像猫一样大小，身子和尾巴一样长，粗细也差不多，尾巴黑黝黝，身子黑黄相间非常漂亮。我竟情不自禁大声叫喊起来，也正因我的惊叫，它迅速敏捷地穿过杂草飞奔而去，同时惊起了另一只，一眨眼就逃窜得无影无踪。我还在惊叹它的漂亮却迎来了同伴的批评，他们不但没有把那只可爱的小动物收在相机里，而且有的人甚至就根本没看到。看到的经过研究一致认为是两只"猫豹"，只是它们的皮毛太漂亮了，不是常见的灰褐色。

很快来到沟底，两边是很陡峭的山崖，偶有松树在石崖上斜着身子探出来，很调皮地看着我们，它们都还年轻，只有胳膊粗，也许是不能承受太重的压力才选择了苗条的身姿，否则它会从山上掉落下来。眼前的石壁上写着三个字“龙凤峡”。我不知道为什么叫龙凤峡，也许是缘于这弯弯曲曲的山谷像一条蜿蜒行走的龙，还有这高高低低的奇特的山峰像一只展翅欲飞的凤。总之起这样的名字一定有它特殊的含义。但我还是喜欢“石口子”，两边全是石头山，只有一条窄窄的口子通行，最窄的地方仅 1 米多宽，很形象，很直白。漂亮的山配上奇特的名字也许会更具吸引力，但直白平实的称呼也不会丧失她的风采。沟里曾经全是水，现在已经结成冰，只是还没有冻实，哗哗的流水一会儿露出来一会儿隐身在冰下，冰层薄薄的，表层像一层雕花的玻璃，只轻轻一踩就咔嚓一声粉身碎骨。我们沿着冰面向前走了一截，脚下很光滑，有时还不得不拿着木棍敲打冰面，一个人在前面探路，其他人小心翼翼踩着他的脚印前行，拐过一道弯，前方是一样的冰路，前面探路者的鞋已经湿了，因为还没有到最冷的季节，冰层很脆弱，稍不留心就塌陷进去，路很难走，如果按照这样的速度，在我们约定出山的时间是无论如何也返不回去的。

于是我们决定提前返程。

往出走，沟面逐渐开阔起来，太阳也能直射进来，河面渐宽且只有河边有一层薄薄的冰。沟渠弯弯曲曲，一会儿左一会儿右，河水顺着山势蜿蜒前行，何止是九曲十八弯，数不清要拐多少个弯。我们沿着窄窄的河堤，到了河水拐弯处就无路可走了，水紧贴着峭壁，不给留出一丝缝隙，唯一的办法只能搬石头搭桥。到了男人们大显身手的时候了，哼哧哼哧地搬着石头，不大会儿就都气喘吁吁大汗淋漓了，劳动是快乐的，他们没有感觉劳累，甚至找到了孩童时的快乐。一路走一路欢歌笑语，一边走一边搭桥，不到500米的路程，就搭了四次。这些坐办公室的男士把力气也坐没了，耐力更是有限。

这时眼前突然一亮。

开阔的河槽边，突兀地呈现出大片的白色的石头，光滑干净，也许曾经被水漫过，石头表面都很平坦，我们像发现了新大陆一样，顾不上疲劳，奔跑过去，不管天气寒冷，舒坦地坐着躺着，甚至想把脸贴上去。这些石头太漂亮了，像床一样承载着疲惫的我们。本地的山石大部分是红色的沙石，这种白色的青石很少见。不仅如此，河水两岸全是这样的石头，二三米高的山石，形状各异，胖墩墩的，像开心的弥勒佛一样享受着河水的抚摸。人们开始忙碌起来，咔嚓咔嚓地拍起来，不放过每一个细节，这才是石口子独特的魅力。这些奇石隐藏在深山老林里，倘若不是我们，平时很少有人光顾，也就少了被欣赏的机会。

肚子就像闹钟，到了点就不停地叫喊，时间已经到了下午两点多钟。好在这时山势渐缓，我们决定放弃走水路，爬山找路。上山时虽然每个人都像缺氧的鱼一样大口喘气，但有了进山的经验，路很快找到了。

找到了回家的路，脚步就轻快了许多，人们的话语也渐多起来，春、夏、秋、冬的石口子，四季风景皆不同，来吧！带上干粮，拿上拐杖，还要带上长途跋涉的勇气。

屋顶上的树

在离家距离不到五公里的地方，就是县里的老化肥厂，仅仅五公里的路程，却五十年没有到达。

人其实是很奇怪的动物。在山里总想到大海边吹吹海风，闻闻咸味；在地上，总想坐上飞机，到云端里当一次神仙；在地球的这端，总想漂洋过海，到另一端，寻找那条鲜花铺成的道路，鲜花装扮的童话小屋。总想着很远的地方精彩无限，却无意中忽略了身边的风景。

五十年多么漫长，一个地方，咫尺之间，竟相隔天涯，是什么阻挡了五十年的路程，是荒芜，是废弃，还是被遗忘？

近来，我频繁地去看它。

那一尊尊或高或矮的老机器，锈迹斑斑，静默安谧，像极了我那九十岁的奶奶，她总是坐在屋檐下，静静地坐着，不知道她在想什么，也不知道她看见了什么，因为几乎任何事在她脸上都引不起波澜，即使是笑，也很平和。化肥厂的老机器，就这样波澜不惊地矗立着，任凭几十年的时光飞过，头顶数不清的云朵飘过，无数不知名的鸟掠过，不同季节不同方向的风刮过。那几棵高高举在头顶的柳树，虽然是冬季了，赤条条干枯枯的枝条支棱着，没有秩序，也不用在乎秩序，在这里，没有关注，没有约束。它们是随风飘落的种子，随意落在屋顶，随意就长成了树。我没见过它们繁茂的模样，想着一定绿意葱茏，就像扎根在肥沃的土地上一样。我很奇怪，不停地地询问，屋顶有土吗？它们的根系长到哪里了？精神矍铄的看门老人“嘿嘿”一笑说，哪有土，要有也是五十年的风刮来的尘土。根？下面是水泥，扎不下去就平着长，反正屋顶够大。就这么简单，本该长在地上的树就这么简单地举在了高高的房顶。老人补充说：其实也不稀奇，未开发前这里的柳树从院里一直长到屋顶，没人了，树和草生长的自在！我环顾四周，在不远处确实有高高大大粗粗壮壮的柳树俯视着这里，像照看孩子的老人。

有一个屋顶竟然奇妙地长着一棵油松。柳树的生命力强，不挑不拣可以随意生长，但油松却对环境的要求较为苛刻，不是随意就能成活的。在太岳山上，一望无际的油松排山倒海，在灵空山成百上千年的老松树比比皆是，更有油松之王“九杆旗”被奉为神树。作为油松之乡，想把山上的油松倒栽下山，却不是一件容易的事。松树对生长的环境有要求，在山上沟沟岔岔都能生长，但移居到平地上，倘若向阳和背阴的方向有所改变颠倒，就很难成活。油松生长缓慢，胳膊粗的油松需要十几二十年的光景。这棵小松树也是风吹来的种子吗？距离有松的山那么远，它长途跋涉而来，且在水泥房顶安营扎寨，开枝散叶，这倔强的脾性！身边就是一架锈迹斑斑的铁梯，松树的枝条穿插在铁梯间顽强向上。松树不相信生了锈的铁能挡住自己的路，事实也证明阻挡不了。

还是言归正传，说说这个老厂吧，没有厂就没有厂房，没有厂房就不会有房顶上的树。

五十年没有去过厂区，但不能说和化肥厂没有过联系。记忆里，春耕时节，和所有的庄稼人一样，父母在田间来来回回像仙女散花一样扬手撒下化肥。呛鼻的味道弥漫在空中，包含父母在内的所有庄稼人都怨声载道，这和面对农家肥有着截然不同的感情，我对化肥从小就充满敌意。庄稼人一边恼怒地数落化肥对田地的毒害，一边不停歇地挥手撒到田里。他们爱田地爱得多么深厚，像对自己的孩子一样爱，可又拿着毒品给孩子吃。

化肥取代农家肥，是在20世纪六七十年代，化肥厂就是在60年代末动工修建的。

在一个祖祖辈辈靠天吃饭的纯农区，要建一个厂子，在当时是壮举，和现在提倡的转型发展应该是同一种思路，但魄力够大。建企业增税收，建化肥厂促农业，这也是在广泛的调查研究之后做出的决定。于是开辟土地，购买机器，培养技术人员，一时间，群情激昂，热血沸腾，厂子很快建起来了。农民不再种地，到化肥厂上班，是很光鲜和荣耀的事。一个家庭有一个工人会无比自豪，这是一个老工人讲厂史时说给我的。在这里农民飞跃成为工厂的职工。因为种地只能糊口，当工人能拿到工资，手里有了花花绿绿的钱，生活有了质的飞跃。穿上了统一的工装，骑着崭新的自行车，在马路上飞驰而过，比现在开宝马、奔驰都要自豪百倍。村里姑娘能嫁一个化肥厂工人，一家人都眉开眼笑，瞬间就有攀龙附凤的感觉。孩子有一个当工人的爸爸或妈妈，那也是趾高气扬雄赳赳气昂昂的足够神气了。

县里的化肥厂，一路走一路摸索，最初一直没有盈利，直到技改之后，才扭亏为盈。这一下引起了轰动，不仅在县里受到表扬，更得到省委省政府的表彰。那时的化肥厂，厂区热气腾腾，车水马龙，来自外县外省的大卡车轰鸣而来呼啸而去。厂子盈利后，成为全县五小企业的排头兵，工人们更是热情高涨，爱厂如家，各种文体活动红红火火地搞了起来。篮球、羽毛球、歌咏、健身操，就连元宵节街头的彩车、扭秧歌的队伍也成为人们最期盼看的，冻得搓手跺脚，咬牙伸长脖子焦急地等，就像前些年守在电视跟前看春晚等赵本山出场一样。这是一种连锁效应，不断凝聚的“沁化精神”一时间成为热词。

事物的发展往往让人始料未及。

化肥产品的更新换代之快捷超出了人们的想象。化肥厂生产的碳铵尿素很快被更先进的产品替代，同时由于市场的重组合并，山区的小企业瘦弱的肩膀抗衡不过败下阵来，2003年彻底停产了。此时的化肥厂和沁源人有着千丝万缕的关系，有的家庭三代人在厂里工作，厂子停产意味着失去工作，失去依靠，失去理想，失去希望。按部就班的生活，一下子被打乱，多少人彷徨、郁闷、急躁，多少人还在寄希望于政府，但政府也左右不了市场，只能和所有工人一样眼巴巴地看着机器逐渐锈蚀，院落渐渐荒芜。大门口不再车水马龙，老工人们更是绕道而行，周围冷冷清清，只有清风徐来，落叶飘零。

失去赖以生存的工厂，有的技术工人几十年练就的本领还在，只要他们愿意，有各种岗位等着他们，自谋职业成为下岗工人无奈的选择。直到现在，他们的后代，已经不再提起父辈们所在的这个厂，因为他们的联系像丝线一样纤细，细小到听爷爷或者父亲讲关于他们豪情满怀的故事，就像小时候听奶奶讲神话传说一样久远。

乡村，曾经是我们离不开的家。靠天吃饭，靠地生存的庄稼人，想都没有想过有一天会离开这片土地。当改革开放的号角吹遍神州大地，思想活络的人首先想的就是离开，离开这片祖祖辈辈须臾不曾离开的土地。青壮年走了，孩子走了，村庄的欢声笑语消失了，留守的老年人大多面无表情地忙碌，面无表情地眺望村前的那条公路，期盼儿子、孙子能回家看看。

乡村，和老化肥厂一样沉寂了。

事物发展到一定的程度，从量变到质变以后，总会引起人们的重视，乡村振兴提上日程，今年我县乡村振兴论坛，吸引汇聚了全国十几个省市的专家学者能人志士，都是在乡村振兴中有研究有成果，先行先试，蹚出新路的精英。特色民俗、乡村农场，农产品电商等。这个事关乡村振兴的论坛，会场不在农田里，不在村庄里，却被指定在老化肥厂这个工业遗址上，寓意深刻。乡村振兴离不开产业兴旺，生活富裕离不开产业兴旺。如何变废为宝，把工业锈厂变成现代化的生活秀带，把一个拥有历史和文化记忆的地方开发出来，记住乡愁，拥抱未来，是一个崭新的课题。

不远处一个地标性的建筑引人注目。彩虹塔，虽然相比以前35米的大烟筒低了很多，那夺目的色彩，那迎着太阳折射反射的光芒，引来无数人关注仰望，也引起无限感慨。彩虹塔的底座就是原来老化肥厂的蒸汽柜，设计者真是费了一番心思。人们大可以想象，是不是蒸汽柜里的蒸汽偷偷溜出来，与太阳光偶遇相识相爱后，幻化成光艳无比的彩虹，人们无比兴奋又无比虔诚地行注目礼，生怕它也会稍纵即逝。彩虹给人的是激动、是激情、是向往。

化肥厂的老院子，地上铺就的水泥面已经风化得面目全非，现在被重新铺砖种草，而且还刻意打造出了一条用实木铺成的引道，木质的暖意和铁质机器的冰冷形成对比，同时也是一种中和。一片映照着蓝天白云的镜面水池，安安静静清清冽冽地出现在高大机器的身下，被锈色包裹的机器，仍然顽强尖锐，倒映在身下柔软之水中，也是一种中和，国人讲究平衡，这一冷一热，一硬一软的融合就是平衡。

站在厂房的院落里，面对这些老机器，不禁使人百感交集。保存就是发展，回忆就是乡愁。机器不再生产，但它们会说话，说历史讲过往。柳树松树不长在山上，举在高高的屋顶，是为了辽阔，为了望远，荒芜紧闭的大门关不住它们好奇的心思。

这里将来会变成什么样子，还是一个未知，但无论怎样至少没有抹杀了乡愁，至少生锈的老机器活生生地在，屋顶上的油松活生生地在，念想在！

第三辑

我写·写我

书写有故事的人，发现美，创造美，传播美。

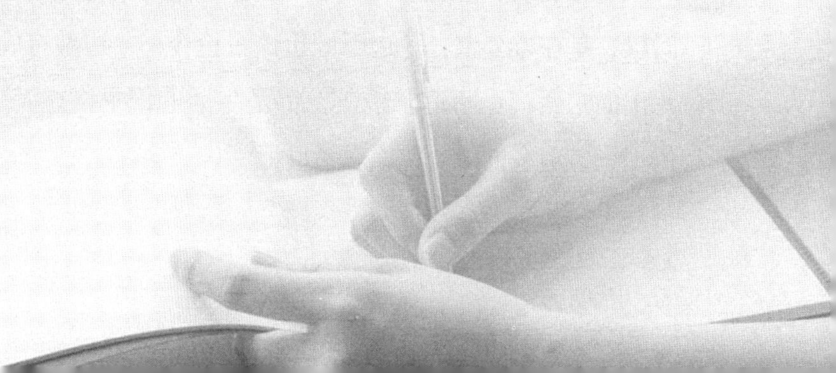

我写

在大地上高唱

我一直很庆幸，庆幸自己爱上诗歌。也很感动，被诗歌感动，被自己感动。

最初，我喜欢写散文、随笔。

日月山川，乡音乡愁，童年趣事，岁月痕迹，都款款而至落于笔端。

写文章对于我就是忙乱生活缝隙里的消遣和享受，也是苍白生活的点缀和花絮。不是生活所迫，当然多数人是这样，也不是工作需要，纯属爱好。

有感而发，想到哪里写到哪里，无拘无束。甚至大多时候，是在办公室，一边听同事谈古论今，一边敲打成文。写出的东西，也不追求精美，都是生活的记录，充满生活的烟火，更多的像一篇篇思考日记。

经常有人问：为什么写？这个问题，且不谈论提问者的心态，我或多或少感觉出不同语气携带的态度，不屑、无意或羡慕、崇拜。为什么写？很难说清楚，但一定不是为了追逐名利。从没有想过因为几篇文章就会在文坛留下足迹，或能流传千古，那是高不可攀的事，以自己的能力和勤奋是远远达不到的。

倔强的秉性在骨子里，从少不更事开始。

因此写出来的东西都安静地睡在电脑里，不投稿，不发表，甚至不给任何人看，写作就像一件只属于自己的私密事，独享其乐。

为什么写，人生于世，看世间万物，思想、思考、宣泄。写，就是和自然对话，和文字对话，和自己对话。文字是一种很奇特的工具，文章是一种很美好的倾诉，面对屏幕重现那些精彩的瞬间，能真正感觉到写作是一件很美好、很幸福的事，写诗也一样。

记不清，什么时候开始写诗，总之晚于散文的写作。或许是某一日受到启发，或许是哪位大师的一句话，诗歌的精美、高雅、智慧吸引了我。

从此不能自拔，开始一段创作诗歌的旅程。

当然初期的诗作，说是诗，其实也就是一些长短句。把原本一段段呈现的思想，用一句句来写，分行的语言很有魔力，至少要求精练，不能像散文一样拖沓。同时思想要精炼，要用最少的文字最少的话语表达最丰富的情感。

一次诵读，助推我走上诗歌创作的道路。第一次亮相是在县里妇联组织的一次妇女节座谈会上，我心怀忐忑又激情满怀地朗诵了为女人而创作的诗作《风景这边独好——写给女人的歌》。同事热烈的掌声和羡慕的目光，对我是莫大的鼓舞。甚至我悄悄地自问：是我写的吗？

一晃十几年过去，其间断断续续地写，写作的方向和主题主要体现在自己的生活轨迹上。因为喜欢摄影，好多年我背着相机，穿行在家乡的山山岭岭，沟沟岔岔，那些山、河、树、草、花、虫，神奇的大自然深深地吸引着我，春夏秋冬，风霜雪雨，草木天空，飞鸟花虫，都成为我关注的对象。大自然有着宽广的胸襟，包罗万象，那些司空见惯的事物，在沉迷于摄影之后，变得更加美好，更加奇特。我拥有了发现美的另一只眼，也正是这些美好，留在了相机里，融入脑海里，同时，走进诗行里。大自然的美，千变万化，转瞬即逝；大自然的美，波澜壮阔，持久永恒。

因此，在闲暇时，用诗记录山水，就像一个初学绘画的人，给山水景物画肖像，线条，黑白，色彩，早期的诗很单一，有骨架，有描述，缺乏情感，不丰满。

除了写山水景物外，更多的是写童年的记忆，书写乡愁。我要感谢我的父母，生养我在偏远的农村，在农村长大的孩子，也许缺乏城市孩子的见识，但在风里疯长的人更健壮、更皮实，更接地气。

黄土不是土，是玩伴；炊烟不是烟，是饭香；白云不是云，是远方。

在噼噼啪啪庄稼拔节的声响里，在村前婉转鸣唱的小河边，尤其是山顶举头仰望抓不住的白云，俯视隐没在树荫下的蓝瓦土墙，童年的记忆日益深刻明晰，这些都变换成了文字融进了我的诗行。

在《我是一片羽》中，我大量的书写童年记忆和散发着烟火气的乡愁，尤其是《乡愁微诗》，我用最简洁的三句式笔法锤炼自己，但乡愁又是那么丰富。那些场景、人物和事件，总也写不完。书写的过程就是回忆的过程，回忆的过程也是发酵升华的过程。为了一个字反复斟酌，为了一个词多次打磨，享受诗的折磨，竟成为日常。

在诗集中还收录了两部分的爱情诗。生与死，爱与恨，是永恒的创作主题。人生于世都有七情六欲，都有生死离别，尤其是爱情。就实实在在地发生在我们身边，也许有的人含蓄，有的人腼腆，但我认为作为一个写作者，其实每一篇文章、每一首诗，都是淋漓尽致的表白。隐瞒或躲闪，就不能成为一个文坛的战士。

我身边总有这样一类人，他们或许在社会上有职务，或许感觉自己有一定的身份，骨子里有文艺的种子，喜爱写一些纯文学的东西，发给我，想呈现，又吞吞吐吐地要求署笔名。不想让人知道是他写的，甚至不想让人知道他会写，他在写。我总感到很诧异，甚至气愤，因此我的回复是：如果觉得写作是一件丢人败兴的事就不要写了。我不知道哪里来的勇气。

《我是一片羽》收录我近年来的一些爱情诗，真情实感，一部分是写给现实中的爱人的，也有一部分是“偷”来的。为什么是“偷”，可以从两个方面说起：一是从身边人“偷”。她们的感情经历，他们的情感纠葛，或甜蜜，或痛苦，或牵肠挂肚，或恨之入骨，感动就写；二是从书本“偷”。品读了大量的诗作，也许一句话使我灵感闪现，回味无穷，于是就“偷”过来抒发一下。

我是一片羽，或随风飘零，或迎风起舞，这片羽带着憧憬，带着好奇，带着向往，在空中自由飞翔。我是一片羽，轻盈，浪漫，还很幼稚，相信再过若干年，当雨雪打湿羽毛，再也飞不动时，我就会变成一棵树、一块石头、一把泥土，我的诗行也将发生变化，变得更实在、更具体、更现实。

精神明亮的人

——写给乡土作家杨栋

杨老师一直笔耕不辍，总有新作问世，而且每次出书都签名相赠，使我非常感动。他是我们这个偏远小城一道亮丽的风景，因为他的散文、诗词、漫画，和藏书使他名扬在外，也因为他更多的人知道了“梨花楼”“梨花村”，从而更深层次地了解太岳山里的沁源。读了杨老师的许多文章，也索要过他的墨宝和漫画，近日又得到他的新作《梨花楼书事》，一口气读完，甚是畅快，突然对熟悉的杨老师陌生起来，进而崇拜起来，仰望起来！

这本书收录了杨老师爱书、淘书、写书的趣事，也写了他和诸多写作者之间的交往，以及读书后的感想。对于这本书，我偏爱其第一辑的“爱书记痴”和第二辑“淘书记缘”的前半部分。通读这些篇目使我眼前一亮，正好当时我在读王开岭的《精神明亮的人》一书，该书同样记录作者读书后的感想感悟，我拿这两本书比较，虽然深度和广度，感想和感悟不同，但他们有一个共同的特点“精神明亮”深深地打动了我，被书中的思想火花照亮了精神。

一本好书给人的启迪应该是灵魂的洗涤，精神的引领，思想的升华。

杨老师的这本书虽然收录的篇目不多，但相比较以前的书文又有了新的高度，从这些文字中我看到的是一个精神明亮、思想开放、情趣浪漫的学者、作者、读者。他信手拈来娓娓道来的看似随意却有深刻的思考，是积淀之后的厚积薄发，尤其是他的语言在这本书里表现得更为精致娴熟甚至华丽，一切都那么顺畅自然，不是挖空心思苦思冥想出来的，是他饱读诗书后情感的自然流露，就像涓涓小河哗哗流出，清新、清澈、清雅。

在这个浮躁浮华的年代，能两耳不闻窗外事埋头读自己喜欢的书，通过各种渠道淘书买书藏书，用书香熏陶人生，用书墨勾画人生的人很少了，而且杨老师能不惜重金买书，倾其所有购书，在他的梨花楼几十万册的藏书中，每一本都有他触摸后的指印，有他淘书的故事。在这里他畅游书海，自得其乐，精神和思想一起升华。在这个物欲横流的年代，大多人比的是自己穿金戴玉，坐豪车住豪宅，而像杨老师这样把所有的金钱和精力投入到自己喜欢的买书藏书写书事业中的人，在精神层面上属于上等人，是精神的贵族。看杨老师的作品，无论散文诗词书画，颂扬的都是真善美，他崇拜敬仰的人和事都是事关文学精神人性的，而且他一直躬耕文学园地，一生致力于写书码字，传播思想的火花，人生的真谛，似不食人间烟火般的纯洁，杨老师确实是一个精神明亮的人。

在这个偏远闭塞的山区小城，杨老师通过购书藏书读书结识了许多作家，在该书第二辑中就提到二十多位，尤其是他推崇的孙犁、黄裳、董桥等。我一直喜欢读书，而且有一些固执的偏爱，有阶段性，一段时间喜欢女作家毕淑敏的作品，就像杨老师那样把她的书一本本或借或买都找出来研读，经典句子还要抄录下来。后来莫言得了诺贝尔奖，我又花了400多元在当当网上把他的几十多本书买回来一有时间就读就看，后来喜欢自由现代诗，就又是订《诗刊》又是买相关书籍。但比起杨老师，我觉得自己还是很肤浅，思想不够开放，眼界不够宽，思想相对保守，把关注点锁在自己的兴趣爱好上，不能广开思路，广泛吸收不同领域名家大咖的思想闪光点。杨老师广交文友书友接收了外部的动态和气息，结合他的才气和文思，虽退居二线仍思想活跃，在各个领域不断有新品问世，是为思想开放者。

在浩瀚的书海陶冶下，杨老师从一个山里放羊娃成为文学大家，他的兴趣广泛。在梨花楼，院子里有树有葡萄，更多的是形态各异的石头，海百合化石和树化石，造型独特的石头似乎在讲述不同的故事。另一间小屋里整整齐齐摆放着他多年收藏的灯盏。小时候家家户户用的煤油灯现在成了“文物”，看了他的收藏连我们这些曾经经历过用煤油灯时代的人都感到惊叹。这小小的灯盏竟然有如此多的样式种类。想起小时候上学时用墨水瓶自制的煤油灯，安装自行车轮胎的打气阀嘴能够调节火苗的大小就已经是非常高级的了。而杨老师足迹遍布乡野，把人们废弃的灯盏当成宝贝一件件收集起来，完成了这间小屋的陈列，形态各异的灯盏有很多是没有见过的。二楼是他的藏书楼，几十万册的书分门别类地占据了整个二楼的空间，四面林立的书柜包围了一个大大的古色古香的书桌和明代的椅子，桌上堆积着杨老师的书法和绘画作品。

杨老师，是一个兴趣广泛的文人，而且在多个领域都有很深的造诣，他的书法独成一体，他的漫画惟妙惟肖，他的散文洋洋洒洒，他的诗词字字珠玑，他的石头会说话，他的灯盏照亮了黑夜……

2017 年 4 月 18 日

一个有故事的女人

——读王冷眉的《幽谷兰集》

人生于世，总会经历许多事，经历许多人，不同的事在时过境迁之后变得模糊虚渺，甚至如轻烟漫散无影，不同的人千面百孔或擦肩而过或侧目交对或驻足停留，成过客成挚友成爱人；人生就是这么生动而富有情趣，梳理着时光，清点着过往，期盼着未来，一路走走停停，一路相遇相知。冷眉与我半路相遇，既是文友，又是摄友，更是挚友。

我们住在同一个小城，我对冷眉的了解也只来自她特立独行的装扮。小城人少，大多数人性格收敛，总把自己隐没在人群里，但冷眉却不是这样，她总是很光鲜地出现，苗条的身材，飘逸的长发，配上样式典雅的唐装或旗袍，她一路走着，目不斜视，带着骄傲和端庄，带着超凡脱俗的文艺范儿，带走人们羡慕的注视，惊讶了我的视觉。那时，我们还不熟悉。

说来也是机缘，因为共同的爱好，都喜欢写一些文字，因此在这个不大的小城，不大的圈子里相遇了。冷眉的文章，是自然流淌出来的，每一篇自带生活的烟火，并把平凡勾画成了风景。她的第一部散文集《墙角梅》，每一篇文我都细细品读，仿佛多年的老友在诉说过往。记录了她生活的点滴，是成长的记录，是心理历程的回顾，语言丰富，感情诚挚。我很惊讶，惊讶于看似散漫的她竟然心里装着这么多故事，一个有故事的女人，不是一般女人。

今天读这部《幽谷兰集》，又一次被她惊讶到。熟识以来，我们已经成为无话不说的好朋友，但我竟然不知道她在 2017 年刚刚完成图文并茂的《走遍沁源》后，今年又要出文集了，她的勤奋使我敬佩。这部专辑看到了她的成长，比起上一部更有深度和广度，她的触角更宽泛，眼光更独特。因为在最近几年的成长中，她涉足的领域更宽更广了。她潜心学习，不断进修，成为一名心理咨询师；她跑遍沁源的山山水水，探寻自然的风采，用相机记录精彩的瞬间和世间的美好，成为一名摄影家；她把一路的精彩赋予了光芒，记录书写，成为一名作家。

冷眉如此多的爱好和成就，源自她对生活的热爱。

说文字。爱好文学，爱好写作，一爱就是三十多年。她从小就对文字有特殊的感觉，直到上了大学而一发不可收拾，成为学校刊物的主编，那时她写了很多校园散文诗歌。后来走出校园成为一名教师，工作和生活的忙碌虽然挤占了她的时间，但深埋在心底的文学的爱好并没有停止。她说：坐下来整理书稿是她最舒心最惬意的时光。她的文章充满爱意和活力，从那一个个题目就可看出她的用心机巧。《闲“梦”闲“说”》《让心灵邀约“人间四月天”》《仓皇之“老”》等，只看题目就已经把人深深吸引。她的每一个字都带着深深爱意。她对生活的热爱、对自然的热爱、对写作的热爱，像身体必需的维生素一样把她滋养的丰富而超凡。她爱水，在崎岖蜿蜒的小溪边石头上一坐就是一个下午。她爱花，每到春天到来百花盛开，她就成了采花的蜜蜂，闻着花香散漫在花丛里一待就是几个小时。她爱石头，无论走到哪里总要带回一块，不管石头的造型和颜色材质。她说，带回来再看到它就会想起曾经去过的地方，于是国内泰山、雁荡山、华山、台湾，国外日本的石头她都沉甸甸地背回来摆在家里的阳台上，并一一贴上标签，有的还给起了名字。她爱行走。多少年从没有见过她骑车开车，总是在一路行走，这一走就是几十年。她见证了小城的变迁，甚至能如数家珍地说出那条路是哪一年修建，还能说出某一天她经过时工人们的表情和说笑话语。她就这样在大山里修炼着修行着，为了她的文字，为了她的爱好，她不愿随波逐流出名留声，甚至写的很多的文章都静静地睡在电脑里，但春天的花朵总要爆开，她的创作进入了繁茂期。

说摄影。我们两个几乎是同时期拿起相机开始摄影的。我们一起起早贪黑行走在路上，春夏秋冬奔波在四季里。说起爱好摄影，她比我爱的更强烈。最直接的佐证是，摄影要出行，但她晕车，每次车子蜿蜒在山路上，她总是强忍着恶心肚疼头晕的症状，但到达目的地之后，下车不到10分钟，她就活蹦乱跳，谈笑风生。我不止一次地说她：别人晕车难受的症状要延续到第二天，你可好，难道爱好能治病？她总是笑着说：能，只要看到美景一切都抛之九霄云外。她就是这样一个摄影人。对于摄影她不仅执着，而且有担当。她利用一年半的时间走遍了沁源近300个村庄，拍摄了上万幅照片，然后整理精选出668幅，书写4万多字美文，出版了图文版《走遍沁源》。该书的出版在全县引起不小的轰动，人们翻阅品读，在书里寻找自己家乡的模样。她为了拍摄风餐露宿，顶烈日冒严寒，只要有时间就一定行走在路上。一年多时间，她收获了美景，收获了见闻，丰富了生活，燃烧了激情。

说心理。有一天她是那样喜不自禁地对我说：我成功了！她一直致力于心理学研究，并成功取得国家二级心理咨询师资格。同时还不断外出学习提升，在学校也担任心理辅导的任务。因为她的刻苦和努力，在心理研究方面取得了一定的成绩，也逐渐被社会认可。老年大学邀请她去上课，她丰富的心理学知识，以及妙趣横生的讲述，得到了全体学员的好评。从本书收录的篇目来看，正是她学习应用的很好佐证，同时她之所以把心理学的内容排在第一的位置，也可看出她对自己在心理方面取得的成绩是高度认可的。看她的文章，使我想起另一个在文坛上曾经非常成功的女作家毕淑敏，我最初喜欢读她的文章就是从她的心理学研究开始的，当时我就非常钦佩，没想到身边也出现了一个像毕淑敏一样的人，会写作会表达会心理会“看病”，这是多么难得的人才啊，而且她还是我的好朋友，我为有这样一个朋友而自豪，也希望冷眉的新书给大家带来惊喜，带来像我一样的千言万语表达不尽的感动。

因为她是一个有故事的女人。

以爱的名义

——贺岳晓霞作品集《时光温度》出版

翻阅一本书，就像阅读一个人，尤其是这本书是她十几年的笔耕积累，是她四十多年的人生解读，那这本书的意义就更具有了实质性的内涵，它不会远离，更不会飘离，它如实地讲述，如实地反映一个人的内心。

写这些文字的时候，我的案头有一盆花，俗名“老来俏”。我们这里的人都爱养一盆这样的花，因为它拥有红得发紫的叶片，一盆花不用盛开花朵，就鲜艳浓烈，当属这盆老来俏了。最近它开花了，在顶部长长地顶着一串风铃一样蓝白色的花，花形奇特，小巧玲珑，弯曲着像一把小勺子，而且先是白色，突然变成另一种形状，另一种蓝色。它就那样静静地开放，我盯着它看的时候，脑海里一直想的是这本书的作者岳晓霞。她不是案头开放的小花，她给我的印象，一直是那么浓艳奔放，绚丽多彩，如果用一种花来形容晓霞，我觉得只能用牡丹了，不知道是否贴切，但当倾国倾城富贵美艳的牡丹花跳出脑海时，晓霞的笑脸也一起出现了，我觉得这必定有其内在的关联性。

她是一个内心有光的人。和她交流时，她不止一次说过，要做一个给人正能量的人！她是这样说的，也是这样做的。和晓霞的交往已经多年，从第一次见面到十几年后的今天，她总是阳光明媚，总是豪爽大气，总是笑声朗朗。这样的女人，无形中就给人一种奋发向上生机勃勃的冲动。正好她写过一篇《内心有光的人》，文中她用细腻的笔触，写一位老前辈，同时也是在写自己。一个人的文章，呈现出来的状态感觉，和作者的性情有着千丝万缕的关系，也从一个侧面反映作者的兴趣爱好性格。“有人说，如果仰望是一种人生的姿态，去仰望一个内心自带光源的人，一定可以更加谦恭你的灵魂。”晓霞一直以来的工作都是和文字打交道，最初教书育人，后来到文联做编辑，又到新的工作岗位搞宣传，都没有离开书本文字。尤其是在文联作编辑期间，更是和文字文学结下了不解之缘，也极大地激发了她的创作热情。她的文笔清爽豪放，看不出小女子念念叨叨的自恋和孤芳自赏，看不到怨天尤人抱怨的痕迹。她对身边的事，身边的人，都以阳光的心态包容放射，发自内心的敬仰，发自肺腑的赞扬，发自内心的欣赏。以爱的心态挖掘，以爱的名义面对，正契合了晓霞的文字和内心。

她是一个思想明亮的人。这和她的追求有关。晓霞从来没有把自己定位在柴米油盐盆盆罐罐的女人世界里，当然这不是说她不食人间烟火，相反她有着自己独特的烟火。她有一个温馨和谐的家庭，丈夫孩子是她的依恋也是希望，她以女人、母性的爱对待家人。但她骨子里时刻有一种声音在引导，她要活出女人的精彩，做自己喜欢的事，且要做就做最好。晓霞不仅喜爱文学，勤于创作，写散文写诗都很有感觉，尤其是诗，我平时更多看到的是她的诗作。她思维敏捷，出手快，定位准，胸中有燃烧的火苗，笔下有散发着温度的人和事。县文联组织的一些诗歌赛事，她总是积极参与，并精雕细刻，反复推敲，写出来的作品很受大家的欢迎，也多次获奖。她的诗，我记忆深刻的是关于沁源围困战的诗，还有一些具有一定政治倾向和社会责任的诗作，每首都大气蓬勃，豪情万丈，铿锵有力，掷地有声。也许这和她喜欢朗诵有关，诗作的节拍押韵等都把握有度。她的诗歌充满向上的力量，催人奋进，在诗歌里爱恨分明，在诗歌里淋漓尽致，在诗歌里呐喊发声。她的诗就像沁河水一样透亮质朴，而且是“透亮质朴的彻底”，每一首都以“爱的名义”，发自内心。“嗅着母亲馥郁的气象，流过神奇独特的自然风光，流过厚重绵远的历史底蕴，清冽的沁河水欢快奔流，流过璀璨多彩的民俗风情，流过美丽和谐的田园乡村。”她把对家乡的热爱，融入血液，融进诗歌，字里行间都透彻明亮。“我的爱，冲击我的呼吸，让我享有清旷的胸襟。”她因为有了清旷的胸襟，自然有了明亮的思想。

她是一个激情澎湃的人。作为一名写作者，她总是呐喊呼吁，作为一名朗读者，更是体现了她的大气磅礴。她爱诵读，擅长诵读，不仅能把作品分析透彻，还能融进自己的感情，很受大家的欢迎。同时她乐于助人，对有求于自己的人总是慷慨给予，精力和时间，乐此不疲地奉献给朗诵事业，也因此成为县朗诵艺术家协会主席。因为角色的转变，社会事务越来越多，她把满腔的热情都奉献给了协会。同时，为了传递更好的声音，更精美的诵读，她精心指导下一代，不仅有社会艺术团体的邀请，还定期到县城最大的小学进行指导。在她的指导下，山里的孩子走出了大山，经过层层选拔晋级北京全国赛区，最终披荆斩棘夺冠。她把孩子夺冠的喜报第一个告诉我，电话里激动得变了调的声音，充满了自豪和兴奋。她就是这样，对县里安排的工作从不说困难，只要有活动总是披星戴月连夜看稿分析研判，并根据不同作品的风格分配给适合的会员进行演绎。她经常挂在嘴边的一句话是：要把作者的感觉读出来，要把作者感情读出来。说这些可能扯远了，但说起晓霞，我总是意犹未尽，她的身上有很多亮点，不仅内心有光，照亮了自己，更把光明温暖传递给了每一个和她接触的人。

用作品说话吧，当你品读完她的作品，你就会更深刻地了解她，祝晓霞的文学之路光彩照人，以爱的名义，传播大爱，以爱的名义，收获大爱！

用细节爱生活

——读唐振良的诗

用细节爱生活。

我一直以为只有女人才如此细腻，可品读眼前的这些诗作，使我改变了看法。一个男人如此细腻，如此琐碎，琐碎到把生活中许多被忽略的细节一一呈现，我惊讶，也很佩服。在他的喋喋不休中，不经意间把平凡普通升华为思考和高雅，或许这就是一个诗人的本事。日月星辰，草木春秋，每个人都在其中，却不是所有人都有感触，我喜欢能感受细节的人，尤其崇拜能把细节说出来的人。细节总是容易被忽视，人们更喜掺和一些大事，热闹事，可那些大事即使惊天动地也只是偶然，热闹事再喧闹也只是昙花一现。

他书写的都是身边的事物，那些花草，那些山河，那些人物，就在我们身边。而我们却把它们忽略成了云烟，只有诗人用他敏锐的视角和感触把生活给我们刻画下来。他就是一个摄影师，抓住了瞬间，展现了细节，留下了永恒。在他的诗作里我看到了色彩，看到真实，看到了存在，看到思想。说实话，刚开始拜读他的短诗并没有引起我的兴趣，我只是拉着鼠标粗枝大叶地看，但渐渐地我慢下了速度，我被他简短的描述吸引了，寥寥几笔勾勒出的意境，唤起了我的共鸣。《鳄鱼》：“你也是属于鱼吗/一下子/搅乱了我心中/鱼的概念……”鳄鱼是凶残霸道的，在它的区域，口渴的羚羊、小鹿，不经意中就会成为它的美餐，它丑陋残暴，老树一样的皮，钢锉一样的齿，仅仅这模样就令人望而生畏。而善良、柔软、可爱、天真的鱼儿，怎么和巨大的鳄鱼相比，鳄鱼是鱼的变异吗？鱼的前面只加一个前缀，就变得如此荒诞，仿佛白与黑，爱和恨，鱼的概念，被鳄鱼侵略。《花香》：“不亚于鲫鱼炝入油锅的浓烈/绝胜过寒冰刺入骨节的透彻。”春来花香弥漫，满眼五彩缤纷，香气逼人，但有谁有这“寒冰刺入骨节的透彻”的感觉。他的诗引导我在思考，诗成为画，但比画更寓意深远。诗是文学作品皇冠上的明珠，她的风采就在于她的光芒。诗可以无限地抒情，只要你激情澎湃，但诗也能冷峻地思考。《人生》：“在别人的感觉中存在/在自己的不觉中渐远。”就是这样一个严肃的话题，每个人都进行着自己的人生，都在“感觉”与“不觉”中度过。

用思想去旅行。无论是《魅力三晋》还是《神州风采》，感觉作者就像一位诗人导游。走过的路，都成了歌，看见的物，都有了魂，交集的人，都能汇成诗。作者把每一个脚印，每一次旅行都呈现给大家，写地方景致，人物风情，身边的西火、发鸠山、老顶山，更远的东北、西南、内地、边疆——犀利独到的眼光，使诗人比常人多了一份感情更多了一份思考。他把所见所感化成感慨变成了文字，留给了我们，这是一份宝贵的精神盛宴。作者的眼睛注视着眼前的景，更注视着身边的人，作者像一个旁观者，注视着每一个人，一言一行，一颦一笑淋漓尽致地勾勒画像，他有一颗童稚心更有一颗细致心。我更喜欢作者的短诗。

用文字传递爱。《情海放舟》是作者感情的喷发，无论你如何炫技，如何堆砌华丽的词语，都比不过情感的力量。我喜欢作者对着尸骨抒发对奶奶的爱，对着儿时的时光抒发对母亲的爱，对着放入土中棺木倾吐父亲的爱，还有对妻子女儿的点点滴滴，更倾注了一个父亲浓浓的爱意和自豪。有情有义，是一个诗人必备的情怀，作者把爱意播撒给了所有和自己有关联的亲人、爱人、友人，相信爱是可以传递的，付出了爱，爱就会循着路找回来。

人生有太多的感想、感慨和感动，伴着人生的征程一起涌动。喜欢善于观察的人，更敬佩对生活充满爱和激情的人。唐振良就是这样一个对生活充满热爱的人，经历的点点滴滴都能笔下生花，在他的重组和提升下，花更美，人更美，生活更美了。他所诉说的就是生活中的美，所传递的都是正能量，品味他的作品，就仿佛看到作者一颗阳光灿烂的心。我和他只是通过几次电话从未谋面，但如果文如其人的话，那他一定是爱说爱笑喜怒溢于言表的人了。

诗，就是精神的升腾和思想的共鸣。诗，就是在字行的精美中体验人生另一种高雅之美。读作者的诗，就是欣赏一路的风景，然后把感受传播出去。那山，那水，那人，只要能触动作者灵感的，也同时感动着读者。作者不仅对生活充满爱意，更有深邃的思考。满眼春光无限，满目繁花似锦，我们都生活在这山，这水，这人之间，那美好的一霎也许在感动惊诧之余都烟消云散，没有在美景前驻足就闪身，使我们失去了太多的感动，幸好有作者这样的人给我们填补了空白。

品着高雅的诗作，回味生活，就是和作者一起行走，共同经历，共同思考，也许这是我读他的诗最大的收获。

一场非同寻常的生命告别

——读保罗·卡拉尼什《当呼吸化为空气》

你在死亡中探究生命的意义
你见证生前的呼吸化作死后的空气。
新人尚不可知，古旧早已逝去：
躯体有尽时，灵魂无绝期。
读者啊，趁生之欢愉，快与时间同行，
共赴永恒生命！

（十七世纪英国诗人福尔克·格莱威尔十四行诗中的句子）

大多数人在身体健康壮朗时，都不会去想死亡，不仅十八岁，就是八十八岁，也不想。

人来到这个世界就是为了生，在一百多年的最大长度里，享受太阳月亮的光芒，大山大海的风情，风雨雷电的景致，友情爱情和亲情，看似多么丰富的人生经历，可现实是在美好的太阳下大多数人感受不到光明和温暖，司空见惯容易被忽略，就像空气。

谁都知道空气的重要性，没有空气，没有呼吸，自然就没了生命，活着就需要呼吸空气。

最近看了保罗的《当呼吸化为空气》很受感动。说起这本书，是因为关注了“读者读书会”经常浏览推送的内容，尤其是跟着读者荐书，我开始有目的地买书。这本书就在推荐书目里，首先被它的题目吸引，想着这该是一本科教书，或者是一个女人发挥的想象，没想到却是一场和生命赛跑，和生命告白的作品。看后久久不能平静，为人生的短暂无常，为生命的脆弱而叹惋。

人，只有在得了重病危及生命，当自己的生命进入倒计时时，才会胆战心惊地想死，才会恋恋不舍地想这个世界。我是一个敏感的人，经常一个人到大自然的微风里看花开花落，经常悲悯身边的这些花草，它们刚刚被春风唤醒，仅仅过了几个月就枯萎凋零死亡。人的生命比起大自然的花草，已经足够长，但如果把人放在时间的长河中，一生又是多么短暂，多少人先我们而去，又有多少人会在我们的身后蜂拥而来。我经常会突然萌发一些奇思异想，比如外出坐在车上，就会想假如遇到车祸，假如我还有生命，我的第一个电话给谁？假如第一个人不接电话，第二个我会打给谁？第三个会是谁？假如当时我死了，第一痛苦的是谁？母亲？爱人？儿子？姐妹？还会有谁？这些想法会缩短我的行程，经常在还没有答案时就到了终点。记得有一次县里开大会，是一次誓师大会，我们被要求在正式开会前40分钟入场完毕，是在一个学校的操场上，而且全体站立，在热烈的大太阳下，会还没有开，腿已经有些僵硬，好在都是同事，都在热火朝天地聊天，打发烦躁的等待。会议开始了，宣读活动方案、各行各业代表表态、领导讲话，时间是多么漫长，在这漫长的时间里我突然想到，假如我晕倒在会场，会出现怎样的骚乱。老公就在前面不远处的队伍里，身边是同事，台上是领导，谁会在乎我的晕倒？人真的是很奇怪的动物，不同的个体不同的思维，生死的态度和看法也不一样。书归正传，说了这么多还没有切入主题，没有看过这本书的人一定早就急不可待了，他们想知道的是“当呼吸变为空气”这个命题的后半部分，主人公是谁，他到底发生了什么？呼吸变为空气，就是变为一种空白，空气对于我们是多么重要，可它无色无味无形无状，看不见摸不到，就是一种“不存在”，当呼吸变为空气，就是成为不存在。保罗，一个风华正茂，学有所成，刚刚收获了爱情还没有计划要孩子的年轻人，一个在医生的岗位上，每天和病魔战斗，又要安慰病人，给病人讲解生死的人，突然间被查出得了癌症——目前为止的不治之症。在宣告自己或长或短的非常有限的生命里，保罗经历了一场非同寻常的生命告别。

没有病痛的健康人，与得了癌症被宣告了生命即将结束的人对生活和生命的认知是截然不同的。

没有病痛的人，首先是盲目乐观。无论你刚刚十八岁，还是已经八十八岁，你都会觉得你的生命还有很长的距离。一种是根本不去想死亡，一种是想自己的生命一定会超过一百岁或更长久。要么不想，简单快乐盲目地活，要么想得很遥远，遥远到死亡不在前方的路上。而对于查出癌症，相当于明确了生命即将结束的人，他们大多不会展望自己活到很久远，他们有的被医生婉转地告知两年、一年、几个月，有的从亲人的悲情和躲闪的目光中揣摩出自己病情的轻重。确定了时间长度的人会更积极，就像保罗一样，他经过一系列正常的情绪波动后回归平静，开始尝试如何有意义地度过剩余的时间，重新回到医生岗位，拿起笔书写最后的历程。这类人是坚强的，他们基本能淡然对待死亡。与之截然不同的是另一种人，求生欲望的强烈蒙蔽了他的眼睛，弱化了智慧，他们明知当前的医学还达不到救他的水平，但他们都相信奇迹，而且相信奇迹的千分之一或万分之一就发生在自己身上。于是散尽家财，不顾及家人的感受和身体的承受能力地住在医院里，手术、化疗、插管，像一台没有生命的机器任人摆布。保罗，在一边接受治疗，一边做有意义的事时，他的行为成为家人和读到这本书的人的安慰。家人在保罗接受现实后也慢慢接受，并在保罗的安排下，有了一个接力自己生命的孩子。他重返医生岗位，继续救死扶伤，拯救和自己境遇相同的人，然后在身体虚弱到不能上班时转而开始写作。写作真是人生最美好的事业，交代和发泄，总结和思考，写作就是情感的出口，它不会让你在漩涡中溺亡。保罗给自己的书起了一个绝美悲怆的名字《当呼吸化作空气》。我们曾经多么无视忽略空气的存在啊，我们曾经多么珍惜自己的呼吸啊！你想当然地呼吸着空气，但你一定没有想到有一天你的呼吸会化作空气。

当呼吸化作空气，一切都终结了。

保罗走了，他的呼吸化作了空气，但《当呼吸化作空气》这本遗作却成了永恒存在。

希望每一个有幸读到它的人重新审视生命，试着想想生命的宽度，更要想想生命的长度。

回归田园诗

——读塞缪尔·约翰逊的散文集《饥渴的想象》

“那里见到的尽是欢乐、富足和惬意的景象，每一阵风都倾诉着快乐，每一片清荫都带给我们安宁。”时间虽已久远，大自然的安宁、悠闲、纯真没有改变，所有人置身自然的感受没有改变，在大自然的怀抱里即使是一个把自己包裹的很严实的人都会敞开心扉，自由、畅想、行吟、讴歌。回归田园的诗歌像一位美丽的女人总是风情万种质朴自然散发着迷人的芬芳，在自然里放任，在诗歌里陶醉。

源于一个偶然，与塞缪尔·约翰逊相遇。县读书学会每隔一段时间就要组织一次读书沙龙，爱好读书的会员轮流就某一个话题进行讨论交流。拿到推荐书目《饥渴的想象》后随便翻阅了几页，嚼着文中的每一个字，感觉心情不是很舒畅，就搁置一边不再理会。很长时间后的一天午休时无意中又拿起来翻阅，直到阅读到《田园诗歌（一、二）》时，才引起了共鸣，喜欢上这本书，于是睡意全无一口气读下去。

塞缪尔·约翰逊是 18 世纪英国道德伦理学家、批评家、传记大师、词典编撰家、沙学专家、诗人、译者。他影响了一个时代，给后人留下了很多宝贵的精神财富，18 世纪中后期常常被人们称为“约翰逊的时代”。《饥渴的想象》收集了约翰逊节选自《漫游者》《冒险者》和《懒散者》中的有重要影响的作品。《田园诗歌》选自《漫游者》，这部作品是约翰逊 1750 年至 1752 年以每周两期的速度编撰而成的系列散文集，总共 208 篇，加上影响巨大的长诗《百愿成空人间事》，真正奠定了约翰逊作家诗人生涯的文学声名。

接下来还是回到主题，重点说一下能和不同时代不同肤色的人产生共鸣的田园诗歌，田园诗歌为什么能被所有人接受，并被喜爱，源于存在的普遍性，存在的质朴性，存在的原生性。它描绘的景物就在我们每个人的身边，它抒发的感情也是我们身临其境后的情感。约翰逊这样描述“田园诗歌”的普遍性：

田园诗歌不仅是人类对自身想象力的首次发挥，而且几乎是第一种能令人类心灵愉悦的诗文，其中的原因相同。我们从睁开双眼看人世的那一刻开始，便望见了田野、草原和树丛；远在自己参与人世纷争、尝尽人生百味之前，我们便会因为见到鸟雀、溪流和微风而心生愉悦。

从田园诗中获得的满足始自我们的童年，而且能伴随我们的一生……人都有喜爱寂寞和宁静的天性，虽然长久以来一直谙悉人世间的纷忙混乱，我们却能多少保留这样的天性。童年时代的我们，思绪常常流连于乡间，如同那是快乐之乡；到了垂暮之年，我们思绪依然会飘回那里，在旧时的港湾休憩安歇，也许还能从中获得意想不到的快乐；每个人回望故地或追忆青少年时代的趣事时，总会有这样快乐的感觉，似乎自己回到了那段最美好的年华，那个时候世界是明亮欢快的，万物是新奇美妙的，欢乐在我们左右追逐嬉闹，希望在我们面前光芒闪耀。

约翰逊对田园诗引人喜爱的原因剖析得非常到位，而且对童年趣事对一个人一生的影响也做了阐述，大自然相同的秩序和美好，人类心灵对美感的相通需求，是田园诗歌能引起大众喜爱的真正原因。

但人们对事物的追求，不仅限于一草一木，一山一水，更多时候人们想在原始自然之美中赋予它新的内涵和光芒，让它的境界有所提升。正如约翰逊所说“他们认为能写入田园诗的有百合花和玫瑰、岩石和溪流，在这些景物之间，还必须能依稀听到情意纯真的恋人之间的窃窃私语，或渴望亲昵的情人间的哀婉怨诉”。这些论述就是告诉我们单纯的自然景物只有赋予它灵魂或加入人类情感的才更完美。这就像我们远离喧嚣的城市，走进大自然，走进田野，无论是春天一抹新绿还是路边绽放的第一朵鲜花，那份新奇，那循环往复的生命的征程仿佛给我们带来无穷的力量，我们的感受不仅仅是眼睛所看到的绿，是我们的大脑赋予它的“生命”。还有在百草凋敝的冬季，树木和花草经过春夏的峥嵘繁华后开始凋零，大地和田野进入了休眠期，尤其是在四季分明的北方感受更为明显。在这样的季节，人们的眼睛所能感知到的是荒凉和苍白，但诗人的眼睛看到的却是飞动的小鸟，抖动的残叶，听到的是河水的呢喃，大地的喘息，还有那寒风雪地里走过的脚印。自然“灵动”给人带来无限遐想，田园诗歌总能从自然中提炼出令人心情激动的元素，让人回味无穷，流芳百世。

率真淳朴自然，与人类原始的情感最接近最相通，也正是这个原因，田园诗歌将是繁华背后恬静的后花园，让我们安静地在这个后花园里倾听自然的交响，享受微风的抚摸，在春夏秋冬的轮回中，与自然对话，与心灵相约。

写我

走不出的乡愁和爱

——程庆莲诗歌漫谈

王立世

作者简介：王立世，中国作协会员。在《绿风》《星星》《诗刊》《中国作家》《人民日报》《世界日报》等国内外多家报刊发表诗歌1000多首，在《诗探索》《中国诗人》《四川文学》《名家名作》《名作欣赏》等报刊发表诗歌评论100多篇。代表作《夹缝》被《世界诗人》推选为2015“中国好诗榜”二十首之一，入选高三语文试题。获全国第二十五届鲁藜诗歌奖、第三届中国当代诗歌奖等数十种奖项。

写诗要往下沉，离百姓生活越近，越容易写出有烟火气息的作品，张二棍就是基层写作的成功典范。一些县级文联、作协的主席，如岷县的包容冰、原平的韩玉光、灵石的王俊才等等，他们的诗歌给我留下深刻的印象。当我读到沁源县文联主席程庆莲即将出版的诗集《我是一片羽》时，也有类似的感觉。她的写作时间不算长，尽管在技术层面上存在一些缺憾，还需进一步打磨和提升，但诗歌中弥漫的生活气息和流露出的精神气质感人至深。诗歌离不开学养和技巧，但完全靠学养和技巧写出的诗歌往往偏离诗歌自身的特质。陆游早就告诉我们："汝果欲学诗，功夫在诗外。"说明光读书是写不出好诗的。程庆莲的诗就是在她曾经生活过的土地上生根、发芽、开花的，女诗人的创作实践在佐证着古诗人真理般的至理名言。

程庆莲出生于太岳山下的一个村庄，她通过自己的努力进了城，但她细胞里的基因没有变，血管里流着的血液没有变，她的质朴、热情、纯真、明媚没有变。她与那一方水土有着割舍不断的血缘关系，毋庸置疑，她写得最好的是乡土诗。女诗人的敏锐、执着、悟性在这类诗歌中得到最好的发挥，在古老传统的题材中写出一些有别于他人的文本，使乡土诗在新时代焕发出璀璨的光芒。

乡土诗人有四类情况：第一类是终身生活在乡村，从始至终没有离开过乡村；第二类是出生于乡村，后来背井离乡到了城市；第三类是在乡村短暂生活过；第四类是从未在乡村生活过。一般而言，第二类诗人写得最好，克服了第一类的单纯、第三类的浮泛和第四类的想当然。第二类情况因有了城市这个参照物，乡土精神的优势比对了出来，即使字面上未呈现城市景观，但价值判断对情感的潜在影响仍在改变着诗歌的质地。无疑，程庆莲属于第二类诗人。

程庆莲置身于车水马龙的城市，居住于钢筋水泥交织的高楼，但没有迷失于五光十色和灯红酒绿。她眷恋的是家乡土里土气的《老屋》：

老屋

从土里钻出拔地而起
从里到外从上到下
土地、土墙、土坑、土灶、土烧的瓦
朝着太阳暖暖伫立
听着拐着弯咬着舌头的土话
等着满身土的庄稼汉回家
看着满身土的孩子在地上打滚
爱干净的女人也席地而坐
风，绕过老屋藏在屋后
进一步拍打着黄土和稀泥
雪，安逸地飘下

又给老屋盖了一层被子
温暖的梦在田野里流连
游子的心有一根线牵挂
总是回到老屋
土坑上暖暖的乡愁

这首诗一共出现了11个土字，感觉一点也不土，仿佛闻到了泥土的清香，看到了乡村的质朴之美。11个土字内容几乎不重复，涉及生活的诸多方面，最容易触动游子内心深处的乡愁。即使文字上重复，内容也不同，比如，庄稼汉和孩子同是“满身土”，土得不一样，一个是干活造成的，突出辛苦忙碌。一个是“在地上打滚”造成的，突出童心无忌。即使没写到土，也能想到土，比如“爱干净的女人也席地而坐”，与“满身土”又不同，只是局部的土。特别是“听着拐着弯咬着舌头的土话”，乡音更容易引起共鸣。诗人写老屋“从土里钻出来拔地而起”，一个“钻”字化静为动，形象地表达根脉在土里。“拔地而起”凸显了生机勃勃的精神风貌。既升华到天高云淡的精神境界，又赋予新时代的精神内涵，这是对乡土诗内涵的扩展。于坚特别强调诗歌结尾的重要性，如果这首诗的结尾能够出奇制胜，其效果就可另当别论。

诗人写沁源驰名海内的灵空山：“是山必有石/神斧劈

开的悬崖”，一个“劈”字凸显山之陡峭，突出自然的伟力和神奇。“谁在这里舍身/不是后有追兵谁敢尝试/舍身崖的石头/被敬仰”，与历史传说联系起来，这里就变成了人文景观。这是一片英雄辈出的土地，诗人把英雄从神坛上请下来，回归俗尘和人性，这样的英雄更真实，更可爱，更悲壮。“山上必有树/是上千年的树/山底下树成为石/石上又长出树/九杆旗不是旗/是树/九杆旗不是树/是旗”，从宏观到微观，写尽了历史的沧桑变幻。这首诗将自然与历史、历史与现实融为一体，赞美中有批判，空灵而又凝重。在《那水》中写道：“那水/从不与山比高底/它甘愿沉在谷底/那水/从不和石头比坚硬/它永远绕道而行”，具有老庄的超然洒脱，这比单纯写山水有了思想分量。

《一个人的村庄》写了“一条长满蒿草的山路”“我们被一棵高大的海棠树吸引”“小路从一片田地穿过”“只有一片土豆开着蓝色花”“一排排整齐的房屋静默”“只有一只机敏的狗在叫” “村前一个宽敞的院落是曾经的学校”“一种从没见过的黄色的花开得鲜艳”“在一排土屋的台阶上坐着一个人”“就你一个人，为什么不搬走?”“只会说一个字的迷茫” “一个人的村庄/一只狗，几只羊，一缕炊烟”。除了几只羊和到处的杂草外，剩下的是一个、一片、一种，一条、一排，一字这些数量词反复出现，突出乡村的寂静和寂寞，也隐射着农村城镇化过程中人力的外流和乡村的衰落。

诗人在《乡音乡愁》中写道："母亲拿着棍子气势汹汹赶来/一遍又一遍地叮咛告诫/我们一遍又一遍地犯规/一遍又一遍地逃跑"。出生于乡村的人，这样的场景记忆犹新，母亲恨铁不成钢的形象活灵活现，童年的顽皮淘气都成为人生美好的回忆。在《油漆匠》中写劳动的快乐："西屋窗户的黄色油漆/在一次次迎接太阳的激动中/父亲刷喜悦/十五岁的我刷快乐"。《一把酸枣》用散文的笔法写成，婆婆和老头形象跃然纸上，比如写老头："硬朗花白的胡子茬/皱纹深刻/皮肤被太阳暴晒得黝黑健壮/他坐在门前的石凳上/吧嗒吧嗒地抽着烟/不时被呛得大声咳嗽/每当此时婆婆就抬头问'能当饭吃？少抽不行？/老头似乎听惯了这句话/没有任何表情/依然吧嗒吧嗒地使劲猛抽/仍旧大声咳嗽……"像小说一样，有肖像描写，有神态刻画，有语言对话。没有乡村经验，这样的内容靠想象是无法完成的。诗人没用一个华丽的词，却写得栩栩如生，无艺术有时确实是最高的艺术。

诗人用一百首微诗写乡愁，如粒粒珍珠闪闪发光，小而聚神，特色各异。第一首："乡愁牵着炊烟的手/不想走远走散/在土屋的烟筒上摇摆留恋"。把无形的乡愁写得声情并茂、形神皆备；第三十五首："磨盘上男人的烟头在黑夜里闪/天上的星星以为有同伴落下/眨着眼睛使劲找"。想象奇特，妙趣横生，削减了劳动的沉重；第九十二首：“男人总用‘哎’叫女人/女人不应声/知道男人爱自己”。第九十三首：“家里孩子多/男人和女人嘴上不说爱/总用眼神做小动作”。这两首真实生动地写出乡村爱情的特色。初学写作，总想多说两句，说少了怕别人不明白。毛病就在缺乏节制、情感泛滥，就像酒里掺了水，浓度不够，香度不够。微诗就像量身定衣，受长度限制，容易克服拖沓的毛病。

历史有辉煌，也有尴尬。《老娘》是一首触及历史伤疤的好诗：“她不怕劳累/最怕儿子揭‘短’/在吃不饱的年代/她曾经给儿子偷回还未成熟的玉米/儿子美美地吃圆了肚子/后来成为她一生数落的话柄/这次‘偷’/噎得她哑口无言面无表情/她说：为了活命也不能做不光彩的事”。儿子说得没错，但动机不纯。老娘做得不对，但出于无奈。道德和人性在特定的历史时期难以调和，其苍凉直逼卑微的灵魂。《炊烟》写乡村的衰老：“村庄已老/石头都被磨得没了棱角/路被踩得尘土不敢飞扬/老槐树下坐成石雕的老人/夏天乘凉冬天晒太阳就这两样/她的脸被岁月雕刻出深深沟壑/还有那曾经黝黑的头发/如今匍匐在头皮上/没有生气也不能飞扬”，诗人的悲悯源于深深的挚爱。

乡土诗是程庆莲创作的重镇，乡土、乡情、乡愁、乡思是她精神生活的支点、亮点、热点。她的情感明显向这方面倾斜，对古老道德和民风的怀恋，就含有对城市欲望的无声反驳，更多的是为灵魂寻找归宿。程庆莲作为县文联主席，这几年组织了大量有影响的诗歌活动，她留给诗人们的印象是，办事雷厉风行、干练果断。从她的乡土诗读出了她精神的另一面。作为一位女诗人，她虽然在事业上独当一面，但她依然渴望《在爱情里做一个小女人》：

请允许我也爱你
你说你爱是你的事
我可以不爱
春天把温暖给了小草
小草没有理由不发芽生长
我就是春天里被爱的小草
不能无动于衷
我要告诉你
在爱里
我只想做一个小女人
说天真的话
做幼稚的事
笑得满脸红晕
在你无限的包容里
我不想长大变老

读这首诗，我想到一个故事。撒切尔夫人出任首相的头一个晚上，回家后她在门外用力敲门。撒切尔先生问："谁啊?"她回答："英国首相!"等了一会儿，屋内没有声音，门没开。睿智的夫人很快明白了什么，这次她清了清嗓子，温柔地说："亲爱的，开门吧！我是你太太。"这次她声音不大，但门很快就开了，丈夫给了她一个亲切的拥抱。

程庆莲在这首诗中睿智地隐去了文联主席的身份，以小草作比，一心回报春天的温暖。以一个小女人自居，内心洋溢着被呵护的幸福。小不是微小，不是渺小，而是有孩子的童真（说天真的话），自然的率性（做幼稚的事），羞涩的开心（笑得满脸红晕）。这是官场上的大忌，却是爱情的阳光。"不想长大变老"也就不足为奇了。诗人就要有孩子的童心，世故的人做不了诗人。诗人在多首爱情诗中写下了不同寻常的爱情，在《一个人，一座城》写道："那座城上空飘着一朵云/正好在你的头顶/那座城上空飘着一朵雪花//正好落在你的头顶"，写的是两地分居时的牵挂，奇妙的想象来源于不老的爱情。在《有事，你先忙》中写道："有事，你先忙/没事，看你忙"，正确处理事业与爱情的关系是一个永恒的话题，诗人注入深切的理解和关心，使爱情燃烧着不熄的精神光焰。在《八十岁我娶你》中写道："我爱听你/每天把情话说成废话"，著名诗人钟声扬说

“恋爱是从废话开始的”，从废话发展到情话，程庆莲却写八十岁时把情话说成废话，这才是爱的回归。程庆莲笔下的爱情不乏浪漫情怀，但更具精神意义，正如她写道：“时间证明/爱情不是童话/更像寓言”，充满哲理和禅悟。

程庆莲的诗歌题材广泛，与她丰富的人生阅历密切相关。除了乡土诗和爱情诗外，她还写了不少有关自然风物、风景名胜和生命感悟的诗。写岳家寨的《凝固的村落》很有特色：“一座和大山一样颜色的石头村/没有立足之地长出了房子/石头墙、石头顶、石头院，和山同体的房子/石头的颜色和形状没有变/山变成房/没有土地，没有河水，只有石头缝里倔强的花椒树/这就是岳家寨，一个凝固了时间的村落/岳飞的后人为求生来到这个人迹罕至的地方/变不可能为可能”，土屋突出乡土的柔软和温馨，石头村突出石头的坚硬和求变的生存意志，情感色彩思想意义截然不同。

从总体上看，程庆莲的诗写得自然朴实，生活气息浓厚，情感真挚明朗。意象来自生活，语言来自民间，有冒着热气的温暖和亲切，这是书本上无法学到的，也是她诗歌最显著的特色。就是运用修辞，也与知识分子写作大相径庭，比如把向阳的山坡比作“村庄的后背”，写红茅草“交头接耳”，充满浓郁的乡土气息。叙事与抒情也能较好地结合，实而不滞，灵而不空。但问题也是显而易见的，她的诗散文化倾向严重，有时是分行的散文，缺乏诗的凝练，缺乏凝心聚力、凝神聚气的艺术冲击力。在写作中，常常混淆诗歌叙事与散文小说叙事的区别。虽然擅长叙事，但存在拖沓。情感发自内心，但又缺乏节制。对生活素材缺乏必要的提炼，常常是眉毛胡子一把抓。语言缺乏弹性，审美空间逼仄。她写出了一些好作品，但在技艺上仍需改进，在境界上仍需提升。诗海无涯，对每一位诗人而言，都面临着突破和超越自我的难题，程庆莲当然也不例外。

2020年11月20日写于太原

飞翔在草木花香间的羽毛

——读程庆莲《我是一片羽》

毕福堂

作者简介：毕福堂，山西屯留人。先后在山西电视台、山西省文联《火花》编辑部工作。现任山西省文联《九州诗文》杂志社社长、主编，《当代诗人》杂志社主编。出版过《摇篮梦》《露珠之光》等三部诗集。2018 年获“首届丝绸之路（西班牙）国际诗歌艺术金奖”。系中国作家协会会员，中国散文诗学会会员、山西省作家协会会员、山西省青年作家协会副主席。

近几年来，故乡长治的诗歌创作水平，令人刮目相看。一是中国作协会员多了起来；二是在大刊名刊登作品的诗人多了起来。这其中就有去年 10 月在福建参加了第 36 届青春诗会、今年又在《诗刊》6 月号发表了作品的女诗人程庆莲。

庆莲是近年来在山西出现的一位创作颇丰的诗人。她的作品不断在国家级、省市级报刊上亮相，近期又出版了诗集《我是一片羽》。这是一本由著名诗人黄亚洲作序、阿来、徐则臣联袂推荐的诗集。全书分为九辑，共收录短诗百余首。应该说这是一本质量上乘，令人耐读的诗集。

品读庆莲的诗，可以看出，诗人十分善于营造一种氛围和境地，在那里，求得心灵的安静，抚慰疲惫的魂魄。在《我想　一直想》一诗中，有这样的句子："我想/一直想/在月亮最大最圆的时候/在没有人影的路上/漫无目的地走/迎着风朝着月亮的方向/一路走下去……"这里有一句"在没有人影的路上"值得注意。接下来，她想，一直想"在能听到哗哗流水声的河边禅坐""看着被水冲走的树叶/发呆不思不想"；还有"我想/一直想/在大片大片的麦田里/在惊涛拍岸翻滚的绿浪里躺下/浪涛在头顶在身外/不思不想品茗麦香""我想/一直想/在茂密的有小鸟穿梭歌唱的密林里/在浓密的分辨不出是哪种药草的味道里/向着叶缝露出天空的方向/瞭望湛蓝"。以上诗人一连设计了几种场景：在有月亮的夜晚漫无目的地走，在能听到流水声的河边禅坐、在绿波翻滚的麦田躺下，在有小鸟穿梭、歌唱的密林里瞭望天空等等，都表达了一种诗人渴望融化到自然中，静静发呆，不思不想，身后的红尘再无袭扰的超凡境地。

那是一种常人无法体会的享受，这种美好的精神慰藉，只属于诗人自己。而在另一首《走，到河边》里，期望在大自然的青山绿水间陶冶性情、放松心灵的渴念，也都一一跃然纸上。“在有山有水有树有粮食的地方/大山静谧/黄土安详/流水潺潺/有山靠着有土啃着/有水喝着/足够了……”类似的句子还有“在山里/想着无垠的海/和天空/在山这边一直想山那边的事……”“小河边的石头对身边的流水/有爱有烦/像一对生活了一辈子的老头和老太太/我坐下/它把吸收了一整天的温暖给了我”。这首诗里一系列意象的出现，其初衷应该和上首诗的蕴含如出一辙。在这里，我想起了诗人江一郎说过的一段话：“诗歌将我融入一个常人不能进入的奇境，并尽最大可能为我创造了一个理想世界。尽管我的现实处于一个和理想世界完全不同的领域，但当我进入，大胆地与之紧紧维系，我就拥有一座精神花园。”我想，诗人程庆莲也有同感。

程庆莲是在太岳山中的沁源县长大的，因而“乡愁篇”在诗集中也占了很大一部分篇目。这不仅和她本人的经历有关，她的祖父就是从山东一路逃荒要饭到沁源落下脚的。上百年的“乡愁”延绵不断，化成她的骨血，她的诗篇。但从一些诗的题目上，我们就不难看出这一表现题材的“特色”。如《乡愁，乡愁》《老屋》《石板》《一个人的村庄》《炊烟》《姥娘》《黄土谣》《故乡的音容》等等。而令人吃惊的是，在一首《乡愁》的长诗里，她竟用了整整一百个小片段来表达“乡愁”，可见她的“乡愁”有多浓烈，她的语言表达有多丰富。一般来说，提到乡愁，诗人们用上十个八个的物象，意象去表达已所不易，而她竟然一口气用了一百个生活片段和场景来诠释“乡愁”。在那里，“乡愁是瓦缝里长出的那根草”“是父亲落满尘土的肩头”“乡愁是门前那棵老槐树/奶奶在树下坐成雕像”“是牛铃摇醒炊烟”“是小时候满头大汗爬上山顶去抓云朵”“乡愁是遗弃路边的石磨石碾石凳石桌”，是“女人在腿肚子上搓麻线”等等，这些能够唤起记忆的故乡风物的林林总总。难能可贵的是：这一百个片段的“乡愁”是活灵活现、伸手可触的、可感的，从而能够引起共鸣的。这不禁使我想起著名诗评家霍俊明说的：“重要的诗歌都是精神共时体，它们不仅具备穿透时空的精神效力和语言活力，而且总会具备召唤记忆和情感的特殊共鸣结构。”在《炊烟》一诗里，“乡愁”又被进一步物化了。“阳光充足的院子里/一只狗在暖暖的睡觉/一只猫蜷曲在狗的身旁/前一刻它们还吹胡子瞪眼/狗龇着牙猫跳上树/这一刻它们就依偎在了一起”“村庄已老/石头被磨的没了棱角/老槐树下一个坐成石雕的老人/夏天乘凉冬天晒太阳/她的脸被岁月雕刻出深深沟壑……”“村庄一年四季/在炊烟中苏醒/在炊烟中睡去/庄稼收了一茬接一茬/老人走了一拨又一拨/炊烟依旧袅袅升起/日子该有的宁静”，这首诗里的炊烟，是物化了的“乡愁”，既是“乡愁”的外在，又是“乡愁”的内里。“诗人只是借用大地上的景致，以期唤醒内心对遥远时光及美的追忆。”（江一郎语）

《我是一片羽》的另一个特色，就是诗人在平静地“好好说话”。她述说的语言是朴素、简洁的。她“剪掉了枝枝蔓蔓的语言并抹平了诗歌构造自身的斧凿痕迹”，而选用了自然、原生的语言方式去表达诗意。在她的诗里，很少看见堆砌貌似华丽的语言去表现她所想表现的东西，而惯于用日常的物象去暗示、去象征。《成为主角》一诗中的雪花，“怕惊扰了大地油松冬眠的小河/悄无声息地落下……”“后半夜/村庄关闭了星星点点的亮/雪花尽情飞舞/没有风/自带轻巧的降落伞/急急赶来/从天空到大地/这足够大的舞台/只有雪成了主角/不用铺垫酝酿/上场就是高潮……”我认为，诗的喻指，就在后两句。一如做人做事一样，不用遮遮掩掩、躲躲藏藏、坦坦荡荡、干干脆脆是个性，也是美德。“不用铺垫酝酿/上场就是高潮……”这样的方式大多数人是乐见的。

综观程庆莲的写作方式，基本属于抒情性的，“诗人是一个清醒着做梦的人”（洛夫语）。在她的笔下、太岳山中的小县沁源，一花一草都有诗意，一山一水皆有灵性。那些闻名遐迩的景点：灵空山、九杆旗、花坡、圣寿寺都是闪光的诗行，让祖祖辈辈生活在这里的人们引以为傲，让天南地北的游人期待、神往。正像著名诗人黄亚洲在给《我是一片羽》中做的序那样形容的“在沁源采风了这么多天，我还来不及从上厥，走到下厥”。

2021 年 6 月 2 日写于太原

乡愁在诗更在心

郭天印

作者简介：郭天印，山西沁源县人、大学文化、原《当代金融家》杂志主编、中国作家协会会员。20世纪80年代开始发表作品，迄今为止主要作品有长篇小说《大宋三杰》《郑成功》《中国战友》《太原保卫战》《沁源围困战》等，传记文学《狄仁杰传》、报告文学《长江支队》、学术专著《读史品诗》《四书五经经典故事》、电视连续剧《沁源围困战》、电视专题片《长江支队》、电影《云上日出》等。

庆莲出了一本诗集，这是好事。庆莲又说希望我写一点诗评，这可是难事。因为我已经很久与诗无缘，不写，也基本不看，在诗的领域有些远离尘嚣，凭什么就敢给人写诗评？好在，虽然对诗可能有些外行，但对于庆莲这个人，对于她成长与工作的那个地方，我还算是比较了解的，所谓“诗言志，歌咏言”，生活中的人们，你写的诗歌总归是要与你的处境，你的心态，你的追求挂钩的。

记得想当年我本人是很喜欢陆放翁的一首词叫作《诉衷情》的：

当年万里觅封侯，匹马戍梁州。关河梦断何处？尘暗旧貂裘。

胡未灭，鬓先秋，泪横流。此生谁料，身在天山，心老沧州。

平心而论，陆游写词时，他的心情放在一千年后我们仍然可以领悟出其中重重悲愤，冲天壮志。作为一个以自身的行动来实践了理想与追求的伟大诗人，我既为陆游悲怆，又为陆游感怀，在中国古代无数诗人中，陆游的诗不能说写得最好，却毫无疑问是最令人景仰的一个。

以诗言志，程庆莲的诗歌同样是在实践着这样一条道路。读她的诗，当然也更应该了解她这个人。作为一县文联之主席。她的工作并不像好多人想象中那样“清闲”甚至“悠闲”。这既与沁源这个地方有关，也与她这个人有关。先说地域的关系。沁源是我的家乡，在历史上，沁源的女儿就是别具风采的。远的不说，我们先从令沁源人永远骄傲的沁源围困战说起。在那一场永载史册的战斗中，沁源 8 万人硬是没出一个汉奸。这样的风骨，这样的精神，足以让沁源人自豪与骄傲。但在了解这段历史的时候，您可千万要搞明白了，这 8 万沁源人，是包括沁源所有的男人和女人。在那个时候，沁源的妇女们，包括少年儿童到中老年妇女是团结一心齐抗战，无分前方与后方的。在围困日军的两年半期间，沁源妇女为战争的胜利倾尽全力。涌现出了许多风流千载的英雄人物。杨青变，村妇救会主任，当日军将她和三十多位妇女关在一间牛圈并点燃大火企图将她们全部烧死的关键时刻，这位只有 16 岁的女子，没有坐以待毙，而是翻上牛圈的二层，用力将一堵只有单层土坯的后墙推到，土坯砸晕了看守的日军，而杨青变却带领妇女们虎口逃生，顺便还打死了两个日军，在激烈的搏斗中，杨青变身中数处刀伤，但最终奇迹般地活了下来。白玉兰，娇小的身姿，柔嫩的体格，但是，在根据地大生产运动中，纺出了比别人多得多的线，织出了比别人多得多的细布，18 岁就成为太岳区的纺织模范，光荣出席了太岳区的群英会。其实，类似这样的人物，这样的事迹又何止几十几百，沁源围困战之所以能够取得最后的胜利，是与沁源的妇女分不开的。那当时，男人基本都参军参战了，后方所有的事务，从一日三餐到耕田种地，从后勤保障到站岗放哨，哪一点能少得了沁源妇女？后人说，在抗日战争和解放战争中，沁源付出了三个一万：光荣牺牲一万，残疾负伤一万，参军入伍一万；其实，还有一个一万，那就是沁源的妇女随军一万，成了八路军解放军的妻子。妇女能顶半边天，沁源的女子们名不虚传。

庆莲出生于沁源，成长于沁源，她的骨子里渗透着老一辈沁源人的血脉，长期的农村生活，又使这位女子对家乡，对土地有了扯不断理还乱的无限亲情。以前不说，这几年我在县里见过庆莲的次数有一半是在乡下见到的。在哪里？在她本人负责扶贫的点上，在她从小生活的那个村子里。作为一个在一般人看来已经可以称得上是“成功人士”，庆莲对于家乡的那份情是真诚的，浓厚的，我听说，她曾多次组织县里的文学艺术界人士到村里去，讴歌家乡的美丽，颂扬乡亲的淳朴，也为家乡的发展贡献了自己的力量。而作为她的本职工作，庆莲主编了一期期充满活力的文学期刊《沁之源》。老实说，就这本县一级的文学期刊来说，《沁之源》的编辑质量，作品分量，印刷装帧档次都是高端大器上档次的。其中蕴含了庆莲多少心血，不言自明。

返回头来，再说庆莲这本诗集。诗是诗人的内心再现，诗是诗人的思想印记。这本诗集中，有相当一部分是与诗人的乡愁息息相关的。在庆莲的笔下，家乡的一草一木都是具有灵性的生命。请看：

乡愁牵着炊烟的手，
不想走远走散。
在土屋的炊烟上摇摆留恋。

这是在说那袅袅炊烟吗？莫不是在诉说诗人自己？

乡愁是瓦缝里长出的那根草，
土基，土墙，土炕，土灶，土制的瓦，
一座从里到外从上到下都是黄土的土屋。

其情其景，是写真，是叙旧，是浓浓的乡情。

乡愁是父亲落满尘土的肩头，
母亲敷着尘土做的面膜，
我吃着黄土健壮长大。

黄土情，不正是我们民族几千年来得以延续的根脉吗？再看这一节：

爷爷对奶奶从不甜言蜜语，
偶尔一句粗话，

奶奶羞红了脸心花怒放。

寥寥数语，人物出来了，亲情出来了，诗人的技巧扎根于生活，却显然已经超出了生活。

诸如此类，要我说，程庆莲的诗本身就是其人格的再现，也是生活的再现。我想，我们这个时代，还是需要作家诗人们在生活的汪洋大海中汲取更多的营养吧，程庆莲做到了，她的路子对，我相信这个示范作用，起码在我家乡那个范围之内会有涟漪泛起。这是我的希望，相信也是庆莲的希望。

2021 年 5 月 29 日于灵空书斋

率性者的自白

——读程庆莲诗集《我是一片羽》

徐建宏

作者简介：徐建宏，山西五台人，山西省作家协会全委会委员，山西文学院签约作家。著有诗集《无暇爱恋的时刻》《过往的乐园》，散文集《尘世笔记》，文言人物传记《文朋列传》及文言辞赋作品《地质赋》《文博赋》《太山赋》《亲贤赋》《山西安装赋》等。

人与外界沟通的最直接的方式是语言，而语言中最富有灵性的便是诗歌。诗言志。通过对世界的表白，内心的隐藏一览无余，于是我们看到了形形色色的诗人和作品。而在浩浩荡荡的诗人大军中，有相当一部分人忘记了语言的最初功能，只把它当成淬炼概念的工具，苦心经营若干年，修辞琢句近乎魔幻，最终导致价值观的偏离和诗歌标准的莫衷一是。

当代诗歌的乱象由此而生。

而与此异象并行的，也不乏踪乎本义、守心如初的纯朴表达。这样的写作态度，与诗人个人的学历修炼无关，而与取舍相关：你是什么样的来历，就会有什么样的去向。

程庆莲新近推出的诗集《我是一片羽》，就是一部率性纯朴、悦目清心的作品。

诗人多次把自己比作一片羽，这其中有什么样的寓意呢？在诗中，作者这样阐述："我是风中飞舞的羽毛/从一只年老的白天鹅身上跌落。""我是一片羽/在空中俯视前生后世/雪的烟火/流溪的春梦/带露水的吆喝/童年的记忆/人生丰厚的铺垫/隐藏在风里/开枝散叶。"

翻阅全集，仔细品读，才发现，以"羽"为代表性意象的所有诗句，最后都指向了诗人赖以生存的土地和天空。在土地上，一种源于现实、试图向上升腾的力量左右着诗人的心智，使她在"羽"的形态下尽情地展示和释放，直到与最初的梦想重叠在一起，"随着风飘落到一株小麦的麦芒上/不再飘摇/从此有了安身立命的志向。"

朴素而温暖的字句，一如生活中的诗人，亲和，秀丽，热情，严谨。诗歌作为叩问灵魂的手段，用巨大的铺陈展示了诗人性灵充盈的另一面。

由于工作的关系，我有幸与诗人熟识并一起操办过许多事情。在具体事务中，她敬业认真，温和低调，一副风尘仆仆的行色遮盖了内心所有的温婉细腻，纯净热烈；而打开书页，我们看到的却是另一番大千世界。

在诗作中，诗人为我们展示了她丰富多样的内蕴：有独处时与自然万物的对话，有记梦的篇章，有内心热烈狂放的抒情，有行走与记忆，有泥土和炊烟，也有爱与忧伤，幻梦与虚无……《走，到太阳下》《在枯叶下写诗》《闻着花香长大》《心里装着海去看你》——林林总总的念头和切入点，使诗人的内心世界变得充实而广大。

“在千里之外的黄土地上/我找到了前生。”“算了/后世不做实物/春天一抹绿/盛夏一道彩虹/深秋一缕果香/在缥缈里缥缈/是实在的存在。”“在爱里/我找到了迷茫/我说我可能是细菌/你说你心甘情愿做细菌的宿主/对你，我笃定可以寄宿。”

在这些简洁明快的叙述中，诗人的率性一览无余：她把一个真实透明的现实生活中的人，用变幻的语言，还原重塑在了诗歌里。

在长达一百节的《乡愁微诗》中，诗人把自己乡村生活中所有的观察和积累都呈现在诗句中，多角度，多维度，写实，记录，一咏一叹，尽显丰赡。而在这样的抒发中，看不到任何一丝的做作和虚拟。

率性是一种天赋的禀性，也是一种无法修改的执着。诗歌是反映性灵的最佳方式，诗人内心的任何东西都隐藏不住。

诗人丘树宏在为作者的序诗中写道——

“在那悠远的沁河之源，
你与河水一起歌唱嬉戏。
每一年的春夏秋冬，
从不错过开放的花期。
你来到灵空山的油松下，
站成第十杆猎猎的旗帜。
无论是在巍峨的太岳山，
还是在美丽的龙头村里，
都在用心的阴阳平仄，
都在用爱的抑扬顿挫，
给诗歌
一个自己的解释。”
一样的纯朴天然，概括一样的质朴无华。

在同一种价值标准的支撑之下，我相信，诗人一定会写出更多直达人心的好作品来。

2021 年 5 月 28 日写于太原

好风凭借力　送“羽”上青天

——读程庆莲诗集《我是一片羽》有感

王冷眉

作者简介：王冷眉，原名王爱莲，笔名禅维（曾用暖沙），女，民革党员，国家二级心理咨询师，高级讲师，中国诗歌学会会员，山西省作家协会和摄影协会会员。出版有作品集《墙角梅集》，大型图文本《走遍沁源》及散文专辑《幽谷兰集》，诗歌专辑《西窗竹影》和长篇纪实文学《我的传奇姥爷唐志忠》。

庆莲的诗歌，于我并不陌生，那是很早就接触的，也是很早就知道她写诗的心性和情怀。记得那还是她的诗集准备出版的时候，一日她打来电话，询问我：诗集起个啥名字好？我脱口而出：我是一片羽呀！那还用考虑？电话那头哈哈大笑：我也正有此意，只是有点不太确定，想听听你的意见，那就这样定了？当然，这个书名非它莫属……作为朋友，我能自信满满地帮她拿定主意，实在是没有十足也有九成的把握呀！这首先源于我对她性情的了解，然后是对她诗作的理解和欣赏，正如她自己所说："在风里长大的孩子/自由/一直在田野奔跑……"她就是这样激情澎湃风风火火一直奔跑的孩子，上天入地，万事万物，世间的所有美好和不美好在她眼中都能发出特别的光芒，在她的笔下都能化作动人的诗篇，入情、入理、入人的心……她真的就是一片羽。"自由飞起落下/每个角落都是生活"。现在，她的这本精美的诗集已经正式和我们见面了，翻阅品读后，不由得让人感动不已，感慨万分……

载不动的乡愁，轻巧入诗。翻开《我是一片羽》这本厚厚的诗集，首先夺人眼球的是那一百首"乡愁微诗"。乡愁，这个亘古不变的话题，沉重得让多少心灵难以承载，几乎所有抒写乡愁的诗文都或多或少能"赚取"读者辛酸的眼泪和无奈的叹息，给人的心压一块沉重的石头，让你久久不能喘息。而庆莲的乡愁诗却有别于此，首先从形式上，她就大胆创新，只用三行成诗，这不仅仅是新颖别致，更主要的是"轻快"！给读者减轻了许多阅读负担，大家可以一秒钟就读完一首诗，真和快节奏的现代社会相合拍啊！我曾读过一本名为胡煜先生写的《四行诗》，那短小精悍富于哲理的句子很让人震撼，也很让人畅快。我当时就想：

这是我读过的最短的现代诗，也是最不让人产生疲劳感的诗。没想到庆莲竟然整出了一个“三行诗”！这精巧，有几人能比？我是一口气读完这一百首诗的，就三行嘛，读一首不过瘾，再接着读，轻轻松松地，读完了，猛一惊：哇，这不就是“着了道”了？其实诗中的许多内容都是贯通的，牵连的，比如关于爷爷、奶奶、男人、女人、孩子，还有猫、狗、鸡、鸭等等一系列内容，稍作改动都是可以成为一首较长的诗作的，但若如此，便落了俗套，哪里像现在这样“三行”独立，既能轻巧成诗，又能轻松阅读。当然，形式的短小精干并不意味着内容的简略单一，“微诗”承载的是浓郁厚重的“乡愁”，“微诗”中展现的是恬淡美丽的画面，是耐人寻味的意境，是朴实自然的真情，一点不逊于“长诗”，却又少了些许阴郁，多了一份灵动和活泼。不信你看：“乡愁是门前那棵老槐树/奶奶在树下坐成雕像/雪白的头发上又一朵槐花落下芬芳”，这个画面给你的恐怕不只是人生的慨叹，还应有一种唯美的感觉吧？（乡愁微诗五）“老鼠瑟瑟发抖黑豆似的眼睛全是恐惧/逃跑还是留下/一只猫满不在乎地蹲着等它决定”（乡愁微诗二十七），读完这几句你是不是都想笑了？但笑过后又不由人陷入一种沉思，“猫鼠对决”难道不是一种深刻的人生吗？“男人总用‘哎！’叫女人/女人忙应声/知道男人‘爱’自己”（乡愁微诗九十二），读这样的诗你难道不是笑着笑着就滴下泪来，擦干了泪还继续笑吗？载不动的乡愁，庆莲轻巧入诗了，我们也便轻巧地读。生活就是这样美好，我们跟着这片“羽”，“山这边山那边/驻足想象做不完彩色的梦”（自序）。

纯粹的爱情，与“爱情”无关。《我是一片羽》的第九辑，也是最后一个部分，是十九首集中写爱情的诗。我最早读到的是那首“八十岁我娶你”。记得那是一个晚上，庆莲把这首爱情诗发给我，我读完后告诉她，那种美好的情景太动人了，她就笑说：八十岁，说不定已经不活着了……我就说：有爱情的滋润，是会长命百岁的，为了爱情，八十岁来娶我也是很幸福的啊……我们俩就以这个话题聊了很久很久，我当时还打趣她：这个被爱情浸润的小女人，平时大大咧咧的一点都看不出来呀！“这承诺隔着时空/那时太阳暖和不热烈/我们坐在门前喝着茶晒幸福/蝴蝶扇着花翅膀翩然而至……”（《八十岁我娶你》）。如此温馨的画面，你会不感动吗？当我读完十九首爱情诗后，给我的第一感觉是：这是一个多情的女子！她笔下的爱情是纯粹的、浓烈的，如清泉一样奔涌，如火焰一样燃烧，爱情就是爱情，不含任何杂质，就算“擦肩而过”，她也愿把自己的时间和精力都“消磨在爱里”，哪怕在暗夜里“摆渡”，她都会说“我不睡，是因为我的身子为你出家”，爱情浓烈到“只要当下的美好”“不追究再爱一百年的长度/不追究爱的真实”。当然，也不会考虑任何现实的因素，爱就只是爱了，哪怕“爱情不是童话，更像寓言”，她还是深情地告诉你“如果有一天你看不见了，让我做你的眼睛”。坦白地说，庆莲的这些爱情诗，更像出自十八岁少女的手，那种单纯的不掺任何杂质的爱，我原本以为只有青春才能诞生呢，没想到这片“羽”却也给我们展示了：“不想任何人/只想一个人”……“在每一个夜晚/我们隔着时空说爱/整个房间的空气都滚烫/每一个有月亮的夜晚/都是为情人准备的/情话在月光下浪漫/爱你，和你无关”……是啊，这里的爱情就只是热烈地爱一个人，纯粹到和“爱情”也无关呢……如我这般年纪，或许错过了爱情吧。我从来没写过爱情诗，哪怕是和爱情有关的话题都没写过，平时也很少读爱情诗，但这一次，我却被感动了，真的好向往诗中那样的情景啊……

感受到了，就是幸福诗人的情商都很高，感情也是细腻而敏感的，女诗人更是如此。“小屋的窗户是麻纸糊的啪嗒啪嗒有风鼓起//炉火正旺像主人的心情一样热烈/茶壶吱吱嘶嘶地鸣叫/你动情而坚定地说：我很久就有一个梦想，冬天，在一个暖和的屋子里，和自己心爱的人悄悄说话，有人敲门也不开。/你看着我说：就是这个时候，有人敲门也不开/我甜蜜地点点头/突然决定嫁给你/你找到了梦中的场景/我找到了幸福”……“换上宽松的白衬衣/粉色的紧身裤/你美美地看着我/不停地问：我穿什么/我笑笑：随便就好，散步而已/你说：不行，要配上你的白衬衣/我哈哈大笑/突然觉得幸福原来这么平常温馨”（《突然感受到的幸福》），这些生活细节都是我之前听她说过的，但再次读到诗歌还是很感动，确实的，如此寻常的生活细节，一般人是不会在意的，但如果你真真切切地感受到了，就是温馨的画面，就是真实的幸福；感受到了，任何一个平常的日子都可以过成诗的样子。作为诗人，庆莲有超强的感悟生活的能力，也有超强的觉知幸福的能力，难怪她左右逢源，信手拈来，皆成诗文……无疑，她是幸福的。当然，她的幸福快乐远非若此，因了她是一片“和风一起飞扬，风不止，就一直在空中翻滚流浪”的羽，她摘取了“当代十佳诗人”的桂冠，著名诗人黄亚洲、丘树宏为她的诗集作序，诗人书法家郭新民亲自为她题字，这让她得遇名家引领，在文学的殿堂大放异彩，在诗的天空自由翱翔……作为一个文化大县的文联主席，庆莲写诗著书，以文会友，博采众长，不断提升，成为当地文学艺术的领军人物，实乃人生幸事。唯愿：好风凭借力，送“羽”上青天！

2021年6月2日晚9：30于家，匆草

心语轻舞拈诗来

——读程庆莲诗集《我是一片羽》有感

郭秀峰

作者简介：郭秀峰，女，山西沁源人，大学学历，中国民主同盟盟员，北京市写作学会会员，中学高级教师，曾在沁源一中、宁夏大学附属中学任教，现定居北京。

“如果说，沁源也出产诗歌/那肯定与这个地方的文联主席是诗人有关……”这是中国诗歌学会常务理事、《诗刊》编委、著名诗人黄亚州为程庆莲的诗集《我是一片羽》所写的“序诗”首句。大咖出手，就是不凡，两句看似普通的诗语，却是全诗的“点睛之笔”。

我们沁源虽地处大山深处，祖祖辈辈生活在这里的沁源人，却没有让闭塞的地理荒漠了自己的心田，他们用智慧的头脑和嘹亮的歌喉唤醒着山里人对生活的热爱。“深山出俊鸟”，这话说得没错，生活在这块土地上的沁源人，男人俊朗女人俏丽，而且他们都极尽所能热爱着自己的家园，山清水秀的沁源如慈祥的父母一样，也竭尽全力养育着她心爱的子民们。

沁源县的文联主席程庆莲，就是一位多才多艺的美女作家。她不仅散文写得好，还擅长诗歌创作，而且喜欢摄影，各种作品散见于省市报刊，曾出版过散文集《心雨嘀嗒》。她工作认真，而且长袖善舞，近年来组织了很多有意义的活动，为沁源的文化发展引进了不少新的资源，注入了新的活力。在她的用心筹措下，2020 年著名作家阿来和徐则臣联袂推荐，由团结出版社出版了沁源本土作家联合推出的《沁之源 · 文之脉》系列丛书，为沁源的文化建设做出了重大贡献，而这套书的主编就是庆莲本人，其中的诗集《我是一片羽》便是她的作品。

认识庆莲好几年了，因为对文字的共同喜爱而结缘。《我是一片羽》是我收到的这套系列丛书的第一本。那是去年腊月我因事回家，当庆莲托我的妹妹把这本书递到我手里时，翻开扉页上有庆莲的亲笔题字“秀峰姐惠存”，而且还在右上角加盖了“钤印”，心情特别高兴。当我看到庆莲用诗歌写的自序《在风里长大》：“在风里长大的孩子/自由/一直在田野奔跑/四季不同方向的风轮换着吹/山川河流树木花草蚂蚁蝴蝶/有根的没脚的爬行的会飞的/相伴童年的岁月……”这首诗写得纯真而活泼，一幅童年时的欢快图景顿时呈现在眼前。她的童年亦是我的童年，那些成长中不经意间的往事，却在她的指间敲出了这么美丽的诗行，让我欣羡不已。

这本 17 万字的诗集，以不同的主题分成九辑，共收录了 134 首诗歌。诗歌有长有短，阅读起来不费劲，诗歌的风格，是我喜欢的那种，阅完之后有种舒爽畅意的感觉，捧在手里的书，反复地来回翻，不想合起来。庆莲的诗歌是从她生活的土地上长出来的，从小在村子里长大的孩子，把生活给予她的种种美好，都牢牢的印刻在了她的心里，没有随着岁月的流淌而消失，那些琐琐碎碎的日子，让她编织成了花篮一样的美丽诗篇。她用一双美的眼睛，用一颗成熟而依然纯洁的心，写出了一首首充满情趣童真、充满浓郁烟火气息、充满暖暖人情味道的诗歌，就好像生活处处是诗歌，哪怕藏在犄角旮旯，她都能信手拈来，抑或像她把自己比喻成一片羽一样，只要轻盈一飞，就可粘到一首诗。正如她的诗“我是一片羽/自由飞起落下/每个角落都是生活”。而生活于她而言又何尝不是每个角落都是诗歌呢？

庆莲是一个有良知的诗人。鲁迅文学家获得者、著名作家郭文斌提到作家创作时，曾说过这样的话：“作家要带着父母心肠创作，心怀敬畏和良知，用干净、温暖的文字，点亮读者的心灯，让文学成为读者的精神家园。”读了庆莲的诗，我的第一感觉就是特别干净，可以放在家里的任何一个地方，老人小孩皆可随手随意拿来去读。她的每一首诗都是一幅生动的画面，处处散发着自然的芬芳，她的诗很有灵气和动感，生活的五谷杂陈都能巧妙地揉进诗中。

庆莲是一个热爱生活的诗人。大自然中的春夏秋冬、风霜雨雪、雷电雾露、一棵树、一朵花、一株草、一块石头、一片枯叶……她都可以和它们对话，它们都可以成为她心中的诗，并从她的指尖唱着欢快的歌声流出。在她的诗中，我感受到了四季的轮回是源自《风，起时》，《春》的温柔娇羞；《夏》的激情热烈；《秋》的盛装出席；《冬》的梦里遗忘，《冬夜寂静》，远处仿佛正唱着一支《雪地牧歌》，在又一轮的期盼中，《春天来了》《如约而至》，《雨的高低》《风的方向》《雾的迷茫》《雷的善良》还有《露珠的梦》，《山里山外》都是《爱的信物》。

庆莲是一个充满正能量的诗人。一片羽“……随风飘落到一株小麦的麦芒上/不在飘摇/从此有了《安身立命的志向》”；《冬至》日，在漫长的黑夜里好好做梦，因为“诗人爱做梦/做梦也是奋斗”；《早起，天不亮》，“……打开电磁灶把米煮进冷水里/扭开水龙头清洗昨天的饭碗/脑子里依然在想/以梦为马不负韶华”；她用口语化的表达方式，淋漓尽致地记录自己的生活，抒发着自己的情怀，让我读懂了她那颗永远奋进向上的心。

庆莲是一个酷爱故乡的诗人。从小在山村里长大的孩子，厚道朴实是她的性格，也是她多年来形成的文字底色，她眼里看到的一切物事，许多被人们忽略掉的细节，都能在她的手下，巧妙地组合成诗歌。读着她的诗，我可以跟着她到花坡去《躺在花丛中数星星》；到灵空山看《不老的风景》；走进《风洞沟之秋》的绚烂；去体验《石口子之冬》的寂静；《问菩提》《访莲心》，上一炷香，初心依旧；读着她的诗，我知道了《小箭杆的风》是这样的活泼可爱："只要你来风就在/随时等候/激动的/掀起你的衣角/吹乱你的头发/抚摸你的脸颊……村里老人说/这是十三省的风/原来是见过世面的风。"她的乡愁微诗一百首，是写给家乡的"三行情书"，是她心底一百种乡愁的最美注脚。

庆莲是一个行走的诗人。她走过的每一条路、每一条河、每一座山、每一座城、每一个村、每一个庄，凡留下她脚印的地方，就有一首诗留下。她在沙漠中的水洞沟遗址，找到了《我的前生》；她站在南半球的太平洋岸边，品读一望无际的蓝；她在富士山下的茅草屋边体味无处不在的秩序，她在普吉岛上静赏一群正在祷告的穆斯林……行走让原本寻常的日子，多了一些辽远的景色，开阔的视野，让每一段缘分，每一个故事，都有了韵脚。

庆莲是一个拥有诗意细胞的人。她是一个能把平凡的日子，都能过成诗意生活的人。青春勃发，芳华妙龄，恋爱中美好的过往，一首《突然感受到的幸福》，其中的几句，依然能看到一对情人热恋中的美好，“你看着我说/就在这个时候/有人敲门也不开/我甜蜜地点点头/突然决定嫁给你”，走过风雨人生，寻常人家的烟火，并没有熏旧他们的日子，守着《一杯红茶和一杯绿茶》，他们一路相爱，《你的风光》成了《那个黄昏赋予我的意义》；《来吧，做我的宿主》，让我《心里装着海去看你》；你的《早安之力》是《爱的信物》；在《爱的消磨里》，我《愿此生是和你并肩的小草》，《在路上》《在梦中》《走，到河边》《走，到太阳下》，《我想，我一直想》《在爱里做一个小女人》……

当我把庆莲的几首诗的题目，轻轻捋成一段文字时，诗人汪国真《走向远方》的其中几句，突然从我的脑海中蹦了出来“人生苦短/道路漫长/我们走向并珍爱每一处风光/我们不停地走着/不停地走着的我们也成了一处风光”。我觉得这几句是就是写给庆莲的，她的诗在远方更在当下，因为在她的心里，生活处处皆是诗，或者可以说她本人就是一首诗，就是一处令人向往的明媚风光。就在我写这篇文章的时候，在一个群里获知庆莲被评选为“2021 第四届‘十佳当代诗人’”之一，这个信息让我由衷的替她高兴。“欲戴其冠，必承其重”，这是她一直以来不懈的追求，一路走来终于走到梦想开花。真的希望更多热爱文学热爱诗歌的朋友们，能读到她的这本诗集《我是一片羽》，愿这片洁白无瑕的羽，能给你的生活带来更多的诗意和美好！更希望在她的带动下，故乡的文化园地能更加蓬勃旺盛枝繁叶茂！

在文章的最后，我也送庆莲一首小诗以共勉。

你是一片羽

你是一片羽
起舞在每个春夏秋冬
倾听风雨雷电的心声
与花草亲昵
和小溪欢唱
笑看露珠在春天里做梦
目睹落叶在秋风里咆哮
对着一块石头说话
凝视一双蝴蝶在荷叶上谈情

你是一片羽
飞过树林飞过高山
飘过泥泞的羊肠小道

钻进石头垒起的房屋
听一个人讲独守村庄的故事
悄悄落在大树上偷听
一个小脚老阿婆和鸡鸭在说话

你是一片羽
飞进七月的荷塘里
化作了一朵洁白的莲
在银色的月光下
在绿色的荷叶上
舒卷开合绽放天真
中通外直香远益清

2021 年 3 月 30 日于北京

爱，以诗歌的名义

——程庆莲诗集《我是一片羽》赏析

杨步辉

作者简介：杨步辉，山西省沁源县人。爱好文学，尤喜收藏，是中国集报协会会员。作品散见于各种报刊，散文、影评作品曾获国家级、省、市级奖。

很高兴拿到了程庆莲女士赠送的诗集《我是一片羽》，好像得到了一件心仪已久的礼物，迫不急待地打开书翻看起来。这本由团结出版社出版的诗集，厚厚的一本，能让人感受到它的厚重和力量。封面设计个性化凸显：一片硕大的羽毛，如梦似幻，轻盈飘逸，如一幅画，似一首诗，充满浓浓的诗情画意。

程庆莲是一位爱好广泛，热爱生活，才华出众的女士，现任山西省沁源县文联主席，是中国摄影协会、中国作家协会、中国诗歌学会、中国散文学会、山西省作家协会会员。在繁忙的工作之余，她始终放不下心爱的写作、摄影，放不下脚下的这片热土，和这里淳朴的乡亲们，多年来潜心创作，成果丰硕。由于工作原因，她经常深入乡村一线扶贫、采风，脚下总沾满泥土，作品仿佛带着露珠，透着新鲜和生机，充满大山般的厚重和泉水般的灵动。

我看过她的不少摄影作品。在光与影的纵横交错中，每一幅作品都构图优美，活灵活现，清晰细腻，色彩自然，视觉冲击力强。她用相机记录生活，凝聚美的瞬间，定格情的永恒，坚持以影像来反映对人生的感悟，对生命的热爱与尊敬。她以动物为主题的摄影作品《我们的家园》，通过对称感的营造，通过动物的形态和动感来支撑画面的张力，让画面显的干净清爽，而又充满活力；摄影专题《滨河路上，风摇花开》，向我们展示了桃花、杏花、梨花、马茹花等各种缤纷多彩竞相绽放的花，娇艳欲滴，美不胜收。照片里的静态中透出了动态美，动与静的结合，让图片变得更有内涵，使层次变得更加突出；摄影作品《冬日太岳山》苍茫雄浑，气势磅礴，气象万千：蜿蜒公路上的皑皑白雪既是写实，更充满灵动与诗意，增添了画面的美感；近处的公路与远处的地平线连成一片，遥相呼应。看到这样的景观，的确让人感慨大自然的鬼斧神工，让人充满震撼和向往。她的摄影作品多次在《中国摄影报》《摄影年鉴》及各种网络摄影比赛中发表、展出，收获了较多的好评和赞誉。

欣赏摄影让人心情舒畅，赞叹连连；吟诵诗歌则让人驻足于诗歌中边走边看，不断咀嚼、品味，尽享诗歌之美。

仔细读了这本诗集，感觉有点爱不释手。这里的每一首诗，都是作者爱的呼唤，情的赞歌，和对美好生活的真情书写，对昔日往事的眷恋与吟唱。这些诗没有宏大的叙事，没有故作清高的高冷，有的是真情的流露，坦诚的心灵，和对故乡、对亲人无法割舍的亲情与爱，对日常生活、所见所闻的感悟、感恩、感动。晓畅、白描般的口语化诗歌背后，蕴藏的是诗人对人生的深刻思索和品读。像一坛陈年老酒，看着清澈如水，滋味却醇厚甘洌，馨香绵长。

每个人都向往自由自在的生活，但现实生活又让人很无奈。面对复杂的社会和人际关系，以及工作、生活、事业、家庭、健康、生老病死等一个个现实而又沉重的问题，每个人都很无奈，像滚滚风尘中的一片树叶被裹挟其中，无法逃避。诗人向往那种自由自在无拘无束的生活，用艺术的笔画出了一片有思想、有生命、有空间的梦之天地，把自己幻化成了一片生命之“羽”。这片“羽”在诗中反复出现，很具有象征意蕴：“我是风中飞舞的羽毛/从一只年老的白天鹅身上跌落/每年从西伯利亚飞来，5000 米的高空找白云说说话”《安身立命的志向》；《我是一片羽》则写出了面对大自然的美景，诗人放飞心情，放飞希望，放飞想象，梦想自己能出变成一片“和风一起飞扬”的羽，在梦想的天空中自由自在的飞翔，在空中俯视美景，俯视前生后世：“自由飞起落下/每个角落都是生活”，用诗意的笔营造出了一种美的炫目的生活。

一个从骨子里爱诗的人，总想用诗阐释对人生的感悟，用诗丈量人生的高度，用诗给鲜活的生活镀一层金色的光环。《在枯叶上写诗》《诗和远方》《在诗的怀抱里睡去》《给诗一个解释》《谁把诗写的支离破碎》等作品，从不同角度写出了诗的属性，诗的本真，诗的生命：“诗于我的意义/远超字词本身/在凌晨或黑夜/在忧伤或喜悦/在爱的时刻/几乎想不到任何绚烂的词汇/幽思堆积/诗于我就是和灵魂的对话”（《在诗的怀抱里睡去》）；“谁能阻挡规律/谁能超越自然/不能/一切用诗超度”（《谁把诗写的支离破碎》）。

短诗《如果》写得很动人。在想象的天空中，诗人把自己想象成一只搏击长空的雄鹰，在人生的旅程中直面风雨，迎接挑战，品尝艰辛，完善自我，拥抱幸福。排比式的诗句律动着青春的热血和不服输的理想信念：“如果我能飞/就不会像小鸟只栖息路边低矮的树木/定要到大海到草原到沙漠/即使飞倦没有一丝的力气/即使没有一滴水/躺在滚烫的沙子上抽搐/挤一滴泪救自己”。

写诗的人，都有一颗敏感的心，都有一双善于发现的眼睛。生活中的一切事物，四季转换，树木花草，甚至风雨雷电，都可能成为诗人抒发情感的载体。对于这些自然界中司空见惯的美，程庆莲总是充满感动与思索，在长长短短的诗句中以小见大，品味生活，揭示真理，探索人生。《雪的烟火》《风的方向》《雷的善良》《雾的迷茫》《春》《夏》《秋》《冬》等诗篇短小精悍，含蓄隽永，给人以遐想，以美感，以宁静。

第4辑《给行走一个理由》，第5辑《我想一走了之》可视为作者的行吟诗。在不断的行走中观看、欣赏、发现、感悟，体味旅途中的风景，感受艰辛，珍藏感动，拷问灵魂。“给自己一个理由/放牧身体/放飞心情/把季节和时间收进镜头/美在眼睛里跳跃/在心里沸腾/给自己一个理由/行走　行走”（《给自己一个理由》）；“冬/石口子的石头仍然温暖/相比邻居山上的红砂石/它更坚固更有毅力/错落有致地护卫着山河/任几百年上千年的冲刷/它依然如弥勒佛般安详自如”（《石口子之冬》）。

《澳洲行》《童话的小屋》《遵守秩序》《骄傲的羊驼》《马穿衣》《富士山下》《普吉岛》七首诗，是作者海外旅行的记忆和收获。“从另一个半球/离开踏实的土地/一头钻进云端/时间转换空间/从冬季一夜之间/穿越到阳光热辣的夏季”（《澳洲行》）；“带着忐忑到达/惋惜错过樱花的开放/更多是因为历史和仇恨/当然不能忘记/白骨堆砌堪比落地的樱花/记住历史/不是不相往来”《富士山下》。深沉的思索，炽热的情感，浸染民族血泪的永恒记忆，让我们从诗句中读出异域的风情，山水的壮美，也读出了远去的历史，沉重的往事，发人深省，引人深思。

乡愁乡韵乡情，是一条长长的丝线，始终牵动着每一个游子的心。农村城镇化的快速建设和发展，乡村振兴战略的全面实施，让更多的人走出大山，走出居住了几代人的山村，过上了城里人的生活。但骨子里的记忆总是那么鲜活，总会在适当的时候奔出来，在你平静的心湖上投出一块块石子，荡起一圈圈情感的涟漪。作为一名从小在山村里长大的孩子，程庆莲有着非常浓重的乡土情结，她把更多的笔墨放在了故乡的土地上，对故乡的一草一木倾注了更多的情感，每一首诗更像一幅幅注入真情的工笔画，精雕细刻，于诗句中感受到不尽的牵挂和眷恋。读了这组微诗《乡愁》，会触碰到心底最柔软的部分：“乡愁牵着炊烟的手/不想走远走散/在土屋的烟筒上摇摆留恋；乡愁是父亲落满尘土的肩头/母亲敷着尘土的面膜/我吃着黄土健壮长大；庄稼在地里疯长/孩子在风里疯长/时光在记忆中疯长；少时，走着走着丢了乡愁/老了，走着走看记起了乡愁/乡愁一路忽前忽后；乡愁是奢侈的记忆/装满快乐/越远越丰满……”

爱情是人生永恒的主题。程庆莲性格开朗、豪爽，有着男人的大方和女人的妩媚，她的爱情诗也写得缠绵悱恻，浪漫多情，热烈奔放，充满韵味：“你看着我说：就是这个时候，有人敲门也不开/我甜蜜地点点头/突然决定嫁给你/你找到了梦中的场景/我找到了幸福”（《突然感受到的幸福》）；“爱是一杯红茶一杯绿茶/一杯品味一杯坚守/品着红茶的醇香/守着绿茶的清淡/过着相爱的日子”（《一杯红茶和一杯绿茶》）；“在爱里，只想做一个小女人/说天真的话/做幼稚的事/笑得满脸红晕/在你无限的包容里/我不想长大变老”（《在爱里做一个小女人》）。

读程庆莲的诗，感受到的是无处不在的浓烈的爱：细腻的爱，豪放的爱，童年的爱，成年的爱，对故乡的爱，对亲人的爱，对诗歌的爱…是爱，滋养着她，丰盈着她，让她在爱的国度里幸福的生活，让她在爱的天地里开心吟唱。

2021年3月30日于北京

后　记

写作是一件幸福并令人欢欣鼓舞的事。

这句话发自内心，虽然自己还是一个爱好者，但能剔除生活的杂碎，把精力放诸美好的事物，用文字沉淀生活，用思考发现美好，确实是一件幸事。

万山环列、群山峻岭、沟壑纵横的太岳山里，隐藏着无数像蚂蚁一样劳碌的人们，我就是其中的一只。万泉齐涌、碧波奔流、生生不息的沁河岸边，驻足着茂盛辽阔的草木，我就是其中的一株。习惯于跋山涉水，更习惯于认可自己的渺小，山水间，没有小鸟的翅膀，更不奢望翱翔，幸好有双明亮的眼睛，有独处静默的思考，有文字陪伴，有时竟忘我地自以为是了。

汇集成册的这本书，是我多年的积累，整理中发现，无论走多远，无论变化多大，心底最深处最温柔最美好的印迹还是烟火乡愁。

我曾经无数次表白，为生活在农村而庆幸，一切源于自由。

农村的空气是透明和自由的，农村的人们是和善憨厚的，农村的风几乎不受任何障碍物的阻挡，农村的孩子就随着风自由不羁地生长，愿望也随着风越刮越远。山那边是充满好奇的地方，长大了，翻过一座座山，到达了一座座山的那边，但山外依然连着山，延绵不断，最终明白山里山外都是世界。

家乡的山是温良谦恭的，十山九平头，漫延的群山就像厚实的沙发靠背，最适合依靠，最温暖舒适。

我的家乡就在山脚下。我用不少篇幅描绘家乡的山山水水。《写给父亲的十封信》排在最前，这是我最动情的部分，父亲于我就像一座山，即使过早离开，依然高高矗立。原本想把当下发生的所有事情逐一向另一头的父亲汇报，那些和他有关联的，比如曾经居住的村庄和身边的人等。也有随着社会的发展，产生的一些新生事物，比如手机、电脑、互联网等，想写一百封信，涵盖生活的方方面面，题目就是《当今当代》，但写了十封信后就搁置了。用十封信开篇，既是对家园的回忆，也表达对父亲的怀念。世间有些人和事久远了就会变得越来越模糊，但有些人和事，越远越清晰，家乡、童年、父亲就是那最清晰的部分。

对山水心怀敬畏。在山里长大，山的博大和精深一直吸引着我。无数次跋山涉水，但此时此刻浮现于眼前的依然是山的轮廓，对山上数不清的动植物，依然叫不出名字，不知道它们的属性。懵懂中被季节引领着感受山的烂漫和变化。四季分明的季节，大山才是真正的表现者，它用色彩和肢体尽情演绎，色彩用于报春知秋，肢体用于呐喊助威。问山问水，其实是问心，对山水的敏感和欣赏是最大的敬畏。

我写和写我，是欣赏和被欣赏。身边太多有故事的人，但留于笔端的仅限于那些“文人”，不得不说对于“文人”我有发自内心的敬佩。他们是一群精神明亮的人，即使只是一些卿卿我我儿女情长之事，纵然都是乡土乡情，但发现美，创造美，传播美，这就足够了。他们是一群精神富有者，对于生活，他们能更深刻地思考，更全面地总结，一草一木，一颦一笑，都口吐芬芳，著书立说，流芳千古，这就足够了。

在这里我要感谢在百忙之中“写我”的人。首先要感谢作家蒋殊，我与她有很多的交集，在她写《沁源 1942》期间多次来沁源采访收集资料，作为陪同者，我见识了一个作家的执着和担当。为了了解一个人、一件事，跋山涉水，顶风冒雨在沁源的大地上反复寻找，不辞劳苦一次次从省城赶来，为沁源人民奉献了一本既深刻又有可读性的精神之作，感谢她给这本书写序，并给了我极大的鼓励。

毕福堂老师是一个挺拔威武的军人，还是一位感情丰富的诗人。郭天印老师是沁源人的骄傲，著作等身仍笔耕不辍，尤其对沁源老家充满热爱，从围困战到脱贫攻坚无不倾注了在外游子的赤诚之心。徐建宏老师浑身散发着古典文人的气质，诗赋佳作不断。王立世老师是唯一没见过面的评论者，他对我的诗集进行了全面客观的评价，并指出缺憾，使我看到了自己的短板和不足。还有本县的王冷眉、郭秀峰、杨步辉等也都给我写了诗评，一并感谢。他们的鼓励是我前进的动力和源泉，也正是在和他们的交流中，使我的思路不断开阔，并得以坚持。

半边烟火，一世情。我们每一个人都生活在烟火中，而每一个人又在不同的烟火里续写人生。烟火的一半是真实，是现实，另一半是精神，是追求，如果人生是一个圆，一半是现实，一半是梦想。

烟火，生生不息，灼灼夺目，我们是一群永远“食人间烟火者”，又在做“不食人间烟火”的艺术梦。

2021年8月